[法] 勒萨日 著

张道真 译

瘸腿魔鬼

Alain-René Lesage

人民文学出版社

LE DIABLE BOITEUX
Alain René Lesage
根据Editeurs Jean Gilleguin et Cie, Paris版本译出。

图书在版编目（CIP）数据

瘸腿魔鬼／（法）勒萨日著；张道真译．—北京：人民文学出版社，2022
ISBN 978-7-02-017048-7

Ⅰ．①瘸… Ⅱ．①勒…②张… Ⅲ．①长篇小说—法国—现代 Ⅳ．①I565.45

中国版本图书馆CIP数据核字（2021）第039266号

责任编辑	黄凌霞
装帧设计	黄云香
责任印制	任 祎

出版发行	人民文学出版社
社　址	北京市朝内大街166号
邮政编码	100705
印　刷	北京盛通印刷股份有限公司
经　销	全国新华书店等
字　数	109千字
开　本	787毫米×1092毫米　1/32
印　张	8.125　插页3
印　数	1—5000
版　次	2022年1月北京第1版
印　次	2022年1月第1次印刷
书　号	978-7-02-017048-7
定　价	39.00元

如有印装质量问题，请与本社图书销售中心调换。电话：010-65233595

目　录

译者前记 ………………………………… 001

第 一 章　为了很好地了解其他几章，
　　　　　必须读这一章 ……………………… 001
第 二 章　阿斯莫德放出以后情形怎样 ………… 013
第 三 章　魔鬼把唐克列法斯带到哪里，
　　　　　让他看到了些什么 ………………… 018
第 四 章　贝尔佛罗伯爵和莱文诺·得·
　　　　　塞斯贝狄斯的故事 ………………… 027
第 五 章　伯爵和莱文诺的故事如何发展，
　　　　　如何收场 …………………………… 059
第 六 章　学生唐克列法斯还看到些什么 ……… 085

第 七 章　唐克列法斯如何报复他的情妇‥‥‥‥‥ 094

第 八 章　囚犯‥‥‥‥‥‥‥‥‥‥‥‥‥‥‥‥ 097

第 九 章　几段小故事‥‥‥‥‥‥‥‥‥‥‥‥‥ 109

第 十 章　被关起来的疯人们‥‥‥‥‥‥‥‥‥ 123

第十一章　应当比前一章更长的一章‥‥‥‥‥‥ 136

第十二章　坟墓‥‥‥‥‥‥‥‥‥‥‥‥‥‥‥ 144

第十三章　友情的力量‥‥‥‥‥‥‥‥‥‥‥‥ 149

第十四章　一位喜剧家和一位悲剧家的冲突‥‥‥ 185

第十五章　"友情的力量"这故事如何发展，

　　　　　如何结局‥‥‥‥‥‥‥‥‥‥‥‥‥ 196

第十六章　几位不乏后例的怪人‥‥‥‥‥‥‥‥ 238

第十七章，也是最后的一章　梦‥‥‥‥‥‥‥‥ 246

译者前记

《瘸腿魔鬼》是一七〇七年在巴黎出版的，出版之后，马上销售一空，一时成为街头巷尾的谈话资料。为了争购剩下的一册书，两位绅士竟然相持不下，拔剑决斗。二百五十年以来，这书不断再版，也译成了多种语言，成为世界重要古典作品之一。

这书是法国十八世纪作家勒萨日（Alain René Lesage，1668—1747）写的。西班牙作家路易·得·盖瓦拉（Louis de Guevara，1570—1644）曾写了一本同名的书，六十多年后，勒萨日借用了这书的名字，也利用了原书的结构，写成了现在这本书。在书首作者写了给盖瓦拉的献书词说："请允许我把这小说呈献给您，它在某种程度上也是你的。你的书给了我这本书的书名和构思。"虽是这样，这书仍然不失为勒萨日自己的创作，它的内容与盖瓦拉的那本完全不同，它描写的是法国社会。

在一个秋天的晚上，马德里的一位大学生闯进一位法师的房里，把法师封锁在瓶子里面的一个魔鬼解救出来。为了报答他，这魔鬼带着学生飞到了马德里上空，揭开屋顶让他看到各个房子里发生的事情，让他知道这些活人内心里隐藏着的思想，也让他知道墓地里死人生前的许多秘密，让他看到各样犯人如何给关进监牢，也让他了解许多疯人如何神经错乱给关进疯人院。这一幅幅的素描，由这魔鬼和学生的对话贯串在一起，构成了当时法国社会的写生图。

法国这时封建社会已走向解体，资本主义日益得势。在这样一个时期中，金钱成了支配一切的力量，道德沦落，亲属关系反常，爱情成了买卖的玩意儿，连文学创作也成了生财的手段。对这种种现象勒萨日在书里作了无情的揭露，并给予了尖锐深刻的讽刺。在这书里我们可以看到贵族们腐化堕落的生活，看到利欲熏心的人如何不择手段追逐财富，看到社会中许许多多丑恶的现象和形形色色的嘴脸。勒萨日虽然不能概括这些现象,对这社会的基础进行攻击,然而他是写实的,他抓住了这个社会里的许多本质的东西。

除了揭露和讽刺之外,勒萨日还进行了正面人物的刻画。在"友情的力量"里,他描写了两个朋友无私的友爱和他们所做的自我牺牲。这无疑是代表作者的理想的,正直,勇敢,有义气,为人牺牲,这些会使社会的情况好转。另外他描写了一个老鞋匠,尽管儿子发了财要他去享福,他却不愿意受他供养,宁愿干自己的活儿,在劳动中他能得到更多的快乐。这一位朴实爱劳动的普通老百姓与那些腐朽的贵族和追逐金钱的人形成一个多么鲜明的对比!另外,在莱文诺和伯爵的故事中,作者还说明好人有时也会做坏事,坏的人也有时会改过自新,暂时泯灭的良心,有时又会复活。

这本书的文字是朴实的,没有不必要的修饰;故事长短交错:短的寥寥几笔就勾出了凸出的形象,长的写得真实细腻,对人物刻画、心理描绘、情节和布局作者都不放松。莱文诺的故事是那样动人,博马舍

（Beaumarchais）把它改成了一个剧本《尤琴妮》（Eugene）。勒萨日很富有幽默感，他的对话和描绘都饶有风趣，而且余音袅袅，耐人寻味。《儒林外史》中写到一位严贡生，为了灯盏中点两根灯草不肯瞑目死去，这类故事在《瘸腿魔鬼》中俯拾即是。另外作者还善于用轻松的笔调写出深刻的悲剧，例如魔鬼形象丑陋，而自称掌管爱情方面的事，他说诗人笔下的爱神是他给美化了的形象，而他现在的模样才真符合现实情况。细想起来，他的确一语道出了资本主义社会中爱情生活中的悲剧。从这里也可看出作者匠心独到之处。

勒萨日是一个公证人的儿子，十四岁父母双亡。在耶稣会的学校毕业后，他进了巴黎大学，后来他做了几年律师，最后改行弄文学。他是最早的职业作家之一。初期，他主要从事翻译，把不少的西班牙文学作品译成了法文。后来改业创作，在《瘸腿魔鬼》发表后声名大起。不久，他发表了剧作《杜加莱》，也引起了人们极大的兴趣。这剧本也是以讽刺的手法，描绘了暴发户种种的发财手段。这时正是法国和西班牙发生战争之后，人民生活困苦，对商人有无比的憎恨，这剧本表现了人民这种感情。有些金融家看了戏很害怕，贿赂作者，要求他不再上演。除了这，他还写了上百个剧本，在市集剧场中演出。勒萨日最伟大的作品是《吉尔·布拉斯》。作者通过了一个聪明人物在各阶层中的经历，描绘了整个法国社会。从骗子、小偷、娼妓、优伶到教会显要和宫廷贵人，所有各阶层的人物在这书里都可以看到。作者以幽默的笔调，对法国社会进行了深刻的揭露和有力的抨击。这本书使作者成为十八世纪欧洲最重要的小说家之一，对以后的现实主义文学起到了极大的影响。

  勒萨日在过去对中国读者来说是比较生疏的。杨绛同志发表了她优秀的译本《吉尔·布拉斯》，这书开始引起了读者对勒萨日的兴趣。勒萨日是这样一个伟大的作家，我们需要对他有更多的了解，这也就是我译出《瘸腿魔鬼》的原因。关于勒萨日的生平和著作，杨绛同志在《吉尔·布拉斯》一书中，已有比较详尽的介绍，这里就不重复了。

第 一 章

为了很好地了解其他几章，必须读这一章

十月里的一个晚上，名城马德里笼罩在浓厚的夜色里，人们都已经回家，街上冷清清的，只剩下一些求爱的人，打算在他们意中人的阳台下，唱出自己内心的喜悦或忧戚。六弦琴的声音业已给做父亲的带来不安，使妒忌的丈夫们产生恐惧。在午夜快要降临的时候，有一位阿尔加拉大学的青年学生，仓皇地从一所楼房的天窗里跳了出来。这位学生名叫唐克列法斯·里昂得罗·贝莱兹·桑布诺。他是为了干那窃玉偷香之事进入这所楼房的，现在为了保全自己的名誉和性命，狼狈奔逃，因为后面有四名壮汉正在紧紧地追赶他。这些人是在他和他情人幽会的时候闯进来的，这时追赶他，目的是要用武力逼迫他与那位女士结婚，否则就要取他的性命。

虽说是寡不敌众，开始他仍然奋勇抵抗，后来，只因宝剑被人拔掉了，他才决意逃走。他们在屋顶上追赶了一会，他趁着夜色摆脱了他们，沿着房顶迅速地向他瞥见的远处的一盏灯光前进。在这危险的关头，这灯光尽管微弱，对他却像是一座灯塔。有好几次他险些摔死，但最后终于走近了灯光所在的那间阁楼。他从窗口翻身进去，高兴得就像一个领港人看见自己的船只脱离了风暴的威胁，安全进入港口。

他先向四周望了一望，看见一个人都没有，非常诧异；这顶楼看来有些古怪，他仔细打量了一下，只见天花板上悬着一盏红铜挂灯，桌上散乱地堆着一些书籍纸张，在桌子的一头摆着一架地球仪和几副罗盘，在另一头放着一些小玻璃瓶和日晷；这些东西使他相信楼下住的是一位星象家，这小房是他观察星象的地方。

当他正回忆着刚才脱离的危险境况，考虑究竟要在这里等一长段时间挨到天明，还是另作别的打算时，他听见身旁传出一声长长的叹息。开始，他以为这是他神经紧张后产生的错觉,是深夜里的一种幻象,因而也不理会,只继续他的沉思;但第二次他又听到了这叹息的声音,这时,他不再疑心这是幻觉了。尽管他没有看见房里有一个人影,他仍然禁不住叫道:"是哪一个鬼在这里叹气?""是我,学士先生,"一个非常古怪的声音回答道,"我在一个封了口的玻璃瓶里已经有一年了;这屋里住着一位博学的会法术的星相家,我就是被他关在这个窄小的牢房里的。""这样说来你是一个妖魔了?"唐克列法斯对这新奇的事感到一些不安地说。"我是一个魔鬼,"这声音答道,"你来得正好,可以把我从牢笼中解救出来。我是地狱里最爱动最勤劳的鬼,在这里闲待着简直要闷死了。"

这些话使唐克列法斯有些吃惊;不过他天生胆大,很快也就镇定下来。他以坚定的口吻向魔鬼问道:"魔鬼先生,请告诉我你在你们弟兄中占什么地位,是一位尊贵的鬼,还是一位低下的鬼。""我地位很重要,"这声音回答道,"在人间地下都享有盛名。""你是不是就是那位人们叫作路锡佛的魔鬼?"唐克列法斯问。"不,"魔鬼答道,"你说的是骗子们供奉的鬼。""你是不是于希叶?"学生又问。"呔,"这声音急忙打断他说,"这是商人、裁缝、屠户、面包匠和下流的盗匪们所供奉的鬼。""你或许就是贝尔斯伯瑟?"唐克列法斯说。"你是在开玩笑吗?"那魔鬼说道,"这是女监护或马弁之类的人信奉的鬼呀。""这倒使我奇怪了,"这学生说,"我还以为贝尔斯伯瑟是你们当中最大的人物之一哩!""他是我们当中地位最低的,"那魔鬼答道,"你对我们地狱里的情形知道得不清楚。"

"这样看来,"唐克列法斯说,"你该是莱维阿当,贝尔非戈或是阿斯泰罗丝了。""啊,说起这三个,倒也是头等魔鬼,他们要算是宫廷中信奉的鬼:给王公们出主意,让大臣们对政治热心,还帮助签订盟约,挑起叛乱,甚至还引起战火。""啊,原来这样!我倒要请教一句,"这学生接着说,"佛拉格尔管的是什么职务?""他是掌管诉讼这一类事情的,"魔鬼答道,"替师爷和讼师草拟书稿的就是他。他鼓动人打官司,控制律师,缠住法官。至于我,我管的又是另一些事情:我专管人间滑稽的姻缘：我让老头子和未成年的少女结婚，让老爷娶女用人，让陪嫁少的姑娘嫁给没有家财的多情男子。人间奢侈淫逸的生活，赌博，炼金骗术都是我兴起来的。什么击剑、舞蹈、音乐、戏剧，以及法国的一切时髦事都是我发明的。总起来一句话，我的名字叫阿斯莫德，外号瘸腿魔鬼。"

"什么！"唐克列法斯叫道，"原来你就是大名鼎鼎的阿斯莫德？阿格里巴和所罗门都曾在他们的作品中很推崇你。哎！说实在的，你干的好事有好些你还没有说完哩。最精彩的事你都忘记讲了。我知道你有时候还帮助人诱惑仕女，帮助人欺弄爱吃醋的丈夫，有时还帮助失意的有情人减轻心头的痛苦，你自己也借此消遣消遣。我朋友中有一位学士，就是在你的帮助下才得到那位司法官夫人的垂青的。""有这么回事，"魔鬼说，"这些话我是预备留到最后说的。总之，我是一个管荒淫生活的魔鬼；说得好听一点，我是爱神。诗人们给了我这个美丽的称号，还把我描绘得特别漂亮。他们说我有一对金色的翅膀，说我眼睛上蒙着丝带，手上拿着一张弓，肩头挂着箭囊，模样非常可爱。如果你愿意把我放出来，

一会你就可以看出我究竟是什么样子了。"

"阿斯莫德先生,"唐克列法斯答道,"你知道,多年来我就虔诚地信奉你,刚才我经历的危险就是证明。能有机会为你效劳,我是再高兴不过了;只是关你的瓶子想必是一只魔瓶,我要把瓶塞拔开或是把瓶子打破怕都不是一件容易的事。因此我不很清楚应当怎样把你从牢笼中解救出来;这类事情我过去没有做过。而且,说实在的,像你这样一位机灵的魔鬼,还不能解救自己,我这样一个俗鄙的凡人如何能够成功?""凡人倒有这种力量,"魔鬼答道,"关着我的只是一只普通的玻璃瓶,要打破是不难的。你只要把瓶子拿起,往地下一扔,我立刻就会变成人形出现在你面前。""这样说,事情要比我想象的容易,"这学生说,"那么请告诉我你在哪一只瓶子里;我眼前有好些个样子差不多的瓶子,我分不清到底是哪一个。""就是靠窗子那头的第四只。"魔鬼答说。

"行了,阿斯莫德先生,"唐克列法斯说,"只是现在还有一个小小的问题使我犹豫不决:我为你效劳之后,你会不会以怨报德?""放心,不会出什么问题的,"魔鬼答说，"相反的，和我认识会使你高兴。我会把你想知道的事情全部告诉你；我要把人间发生的一切都让你看到，我还要把人的弱点一一揭露给你看。我将做你的监护鬼。由于我比苏格拉底的魔鬼还高明几分，我敢说我将使你比这位著名的哲人更富有智慧。一句话，我有心把我的一切都贡献给你，包括我善良的一面和我恶劣的一面；这两类东西对你都会同样有用的。"

"你许下的诺言不错，"学生答道，"只是有人说你们这些魔鬼先生是不讲信用的，给人作的诺言常常不履行。""这说法倒也不是没有根据，"阿斯莫德答道，"我的弟兄中大部分都能满不在乎地失约背信。不过我，我是说一句算一句的，我庄严地起誓，我要谨守诺言，绝不骗你。甚至我还可以答应今晚就替你向唐娜托玛莎报仇，这个狡猾的女人居然在房里埋伏四名壮汉，想把你抓住，逼你与她成婚。"

最后的这项诺言特别使唐克列法斯欢喜。为了使魔鬼的诺言赶快实现，他急忙拿起那装魔鬼的瓶子，也不再顾虑有什么后果，猛力摔在地上。瓶子一下砸得粉碎，一摊淡黑色的液体在地板上铺开，慢慢化作一股浓烟，不久浓烟消去，在这愣住了的学生面前现出了一个人形，身高约二尺半，披着一件披风，腋下支着两根拐杖。这身材矮小的瘸腿怪物，有两只像山羊脚的脚，长脸庞，尖下巴，脸色黄里透黑，鼻子塌得厉害；他的一双小眼睛，看来就像两块燃着的煤炭；在他那张大口上部有着两撇黄红色的胡髭，两片嘴唇也是世上少见的。

这位被诗人们说得那般可爱的爱神，头上缠着一条红色的粗纱头巾，头巾中插着一束雄鸡毛和孔雀毛。他颈上系着一条黄布领巾，上面画着各样的项链和耳坠。他穿的是件白缎子短袍，腰里扎着一根本色的羊皮纸做的带子，上面有着些符咒似的花纹。袍子上画着几件能表现女人胸部轮廓的上衣，另外，还画有披肩，杂色的围裙，有时新的头发式样，等等，各有不同的妙趣。

但所有这些与他的披风相比也就算不了什么。这披风也是白缎子作面，上面用黑墨画了无数的人形，笔画是那样不羁，表情是那样强烈，人们会以为魔鬼把自己也糅合在这些画里了。在一处，可以看到一位西班牙贵

妇披着一件斗篷，正引起一个散步的陌生人神往；在另一处一位法国女子正对着镜子看自己脸部的新表情，预备在一位年青的教士身上试一试锋芒，这位教士脸上敷了胭脂点了痣，在这时正出现在她的房门口。这里，一些意大利骑士正在他们情人的阳台下唱着歌，弹着六弦琴；那边，一群德国人围着一张杯盘狼藉的桌子坐着，衣服敞开，那醉醺醺、嘴边烟雾缭绕的样子，比起法国的花花公子只有过无不及。在这一处，一位回教的大贵族刚沐浴出来，所有府第中的妇女都拥在身旁，争着伺候。在另一处一位英国绅士正殷勤地献给一位夫人一支烟管和一杯啤酒。在这披风上还可以看到一群画得惟妙惟肖的赌博的人：他们有的喜形于色，把金币银币往帽子里装，有的已经输得一文不剩，在拿起绝望的牌时，两眼怨愤地望着天。总之，这披风上离奇古怪的东西多得简直可以和伯利的儿子那张耗尽维尔岗全生精力的盾牌[①]相比。

---

① 希腊神话中的英雄阿基里（即伯利的儿子）有一套神奇的武器，都是维尔岗造的，盾牌就是其中的一件。因维尔岗也是瘸腿，所以下文提到"两个瘸腿的人……"

但这两位瘸腿人的作品当中也有不同之处：盾牌上人物与阿基里的丰功伟绩毫无关系，而这大氅上的形影却生动地反映了人世间因阿斯莫德的促使而发生的一切。

第 二 章

阿斯莫德放出以后情形怎样

魔鬼看见自己的外表给学生的印象不太好,就微笑着对他说:"唐克列法斯·里昂得罗·贝莱兹·桑布诺先生,你现在总算看到了俊秀的爱情之神和心的主宰是什么样子了。我的漂亮模样和风度你觉得怎样?依你看诗人们描绘的技术都很高明吧?""不瞒你说,"唐克列法斯答道,"我看他们美化的技巧确实是不错。但是我相信你在你心爱的赛雪①面前总不会以这种模样出现吧。""当然不啰,"阿斯莫德答道,"那时我就会以一个有贵族气派身材小巧的法国人的模样出现,使自己很快就受人爱慕。丑恶的

---

① 赛雪是希腊神话中的司灵魂之神,外形是一个有翅膀的少女,相传与爱神相爱,有时爱得狂热,有时互相折磨。

地方应当用可爱的外形遮盖，要不然就无法讨人欢喜了。我要变什么样就变什么样，在你面前我本来可以借一个漂亮些的躯壳出现的，但我既然有心把自己贡献给你，有心对你什么也不遮隐，我就想让你看到的我与人们心目中的我尽可能一致。"

"你有些丑陋我也不觉得奇怪，"学生说，"我用这个字眼请不要见怪；我们既然要共事，就不得不直率坦白。你的外貌与我心目中的你也是相当接近的；只是劳神请你告诉我为什么你是个瘸腿？"

"这是因为我过去在法国和利禄鬼毕拉脱克发生过一场争斗的缘故。我们争着要缠一位梅纳省的税官，由于他是一个最容易受人支配的人，我们就激烈地争着占有他。我们在半空中打了起来。毕拉脱克比我厉害，就像诗人们所描写的丘比特把维尔岗抛了下来那样，他把我摔倒在地上。这样一来我就残废了。我的弟兄们给我开玩笑，把我叫作瘸腿魔鬼，从此这个诨名就跟上我了。但尽管我的腿瘸，我走路照样不慢，这一点你将来是可以看得出来的。"

"现在可不能往下谈了,"他接着说,"我们得赶快离开这座顶楼。一会儿那法师要上来了,有一位美丽的仙子每夜都到这里与他相会,教他长生不老的法术。如果他上来碰见了我们,少不得又要把我装进瓶里,说不定还会把你也一起装进去。现在我们先把玻璃碴清除掉,免得法师发觉我跑了。"

"我们离开以后,"唐克列法斯问道,"他如果发现了会有怎样的后果?""会有怎样的后果?"魔鬼说,"唉!任我逃到天涯海角,逃到蛇蝎藏身之处或是土地神守护的地方,都会无法躲过他的暴怒。他拘鬼的符咒是那样厉害,整个地狱都会震动。结果我还是会抗拒不了他有力的召唤,不由自主在他面前出现,听凭他给我什么罪受。"

"情形既是这样,"学生说,"我就有些害怕我们共事不能长久。我们这一逃走,这位可怕的法师一定马上就会发觉。""这一点我说不上来,"魔鬼说,"未来的事我们是不知道的。""怎么?"唐克列法斯说,"你不知道未来的事?""对了,是这样的,"魔鬼答道,"谁要在这一方面相信我们，才真是大傻瓜。也就是这个缘故，那些测字卜卦的才满嘴胡言，才使得那些向他们请教的高贵仕女做出种种荒唐的事。我逃走后法师是不是马上发觉，我无法推测，但是不发觉也是可能的，因为有不少的瓶子与封闭我的瓶子样子相同；缺了一个他也未必留意。我被关在他这一间工作室里，我的地位就像商人书房里的一本法典，怎样也不会被他想起的。就是他想起了我，他也不会抬举我和我说话。他是我见过的法师中架子最大的一个。从我被关以来，他从来没有屈尊和我说过一次话。"

那魔鬼一面这样说着，一面把破瓶子的碎玻璃统统拾起，扔出窗外，然后对学生说："啊，好了。我们快走：抓住我的披风，什么都别怕。"尽管唐克列法斯觉得这办法太危险，他仍然情愿冒这个危险，而不愿留在这里受魔术师的惩治。因此他死命抓住魔鬼，由他把他带出窗外。

第 三 章

魔鬼把唐克列法斯带到哪里,让他看到了些什么

阿斯莫德夸耀自己走得快是有道理的。他在空中疾驰而过,就像一支猛力射出的箭。一会儿他在圣萨尔瓦多塔上停了下来。他脚一着地就对唐克列法斯说:"嘿,里昂得罗先生,人们常把上下颠簸的车子骂作是鬼车,这说法可不是完全不对吗?"唐克列法斯恭敬地答道:"是完全不对,这一点刚才已经得到证明。我敢说你这是再平稳不过的车了,而且走得又那样快,坐在上面的人还没来得及感到旅途的辛苦就已经到达终点了。"

魔鬼接过来说:"呃,你不知道我为什么把你带到这里来吧;我有心让你在这高处看一看这一刻在马德里发

生的各色各样的事情。我要用我的魔力把这些房顶揭掉，让屋里的情形透过黑夜清楚地显现在我们眼前。"说这话时他仅仅把右手伸了一伸，马上所有的房顶就都给揭掉了。这时，屋内的情景，就像在大白天一样，全让这学生看见了。

这景象是那样新奇，不能不引起他全神注意。他放眼四处一望，仅仅他附近的形形色色的事物就足以引起他好奇地注视老半天了。"学士先生，"魔鬼说，"你这般高兴看着的各样情景，单看看就够有意思了；但为了使你对人生得到全面的了解，我还应当给你解释一下你看到的这些人都在干什么。我要向你透露他们行为的动机和他们内心最深处的思想。

"首先，我们看右面那所房子里正在数钱的老头子，这是一个守财奴。看这老傻瓜是多么高兴地在欣赏他的金银财宝；他简直像多久也看不够似的。可是看看隔壁房间里他的子女们在干什么：他们偷偷请来一个算命的，问他老头子几时才能死掉。

"再看隔壁房子里的那个风骚老太婆，她把假发假眉毛和假牙齿放在梳妆台上之后,已经安息了。再稍远一些,有个六十岁的风流老头,你看见没有?他才干完那事儿回来,现在已经把他的一只假眼珠、一撮假胡须和那遮盖他秃头的假发取掉,正等他的用人把他的假腿和假膀子取下来,好让剩下的部分上床睡觉。

"再望望那所豪华的住宅。在一间精美的房间里你可以看见一位贵族在睡觉。他身旁有一个小匣子满装着情书。为了睡得甜甜的,他刚把这些书信读了一遍。这信是他爱慕的一位女士写来的。为了她,他花了那么多钱,不久他将不得不去谋求一个总督的位置。

"再看左手隔壁的那栋房子里,唐娜法布娜刚派人去请接生婆,她马上就要给她丈夫唐脱里毕欧生出一位传宗接代的人了。这位老爷善良的天性难道不使你感动吗?他娇妻的喊叫一直打到他的心里:他忧愁已极,痛苦得不下于她本人。他多么热切地希望能帮助她止住疼痛!""的确这人是坐立不安,"那学生说,"可是同一栋屋里我却看到一个男人在安安稳稳地睡觉,也不管这事是不是进行得顺利。"瘸腿魔鬼答道:"其实这事与他也一样有关系，这位太太的苦痛就是这用人一手造成的。

"今夜在圣塞巴斯汀和丰达拉比之间有一群巫师要聚会；看那所房子外面的一个人在准备车辆，就是预备开会去的。这个会有一个魔鬼也要参加，若不是怕给他发觉，我都要带你到那儿去看看消遣消遣了。但这浑蛋是准会出卖我的：他若看到了我，少不得要把我逃走的事告诉法师。"

"这样说来，"学生说，"这魔鬼和你并不是好朋友了？""当然不是，"阿斯莫德答道，"他就是刚才我跟你谈到过的毕拉脱克。两年前在巴黎我们又有了一次争执。有一个上等人家的子弟想立一番事业，我们俩都争着要管他的事；他想让他当个小伙计，我想让他成为一个富翁；我们的弟兄们为了结束这场纠纷，让他当了坏的修士。后来，他们要我们和解，我们也拥抱了一下；但这都没用，我们还是成了死敌。"

"那么，我们就别去看这个精彩的聚会好了。"唐克列法斯说，"我们还是继续观察这城里发生的事吧。""我同意，"魔鬼答道；"看，那老音乐家正在给他年轻的太太唱一支热情的歌曲。他希望她会欣赏这个曲调,因为这曲子是他作的;但是她更喜欢的是歌词,因为这歌词是一位热爱着她的漂亮公子写的,他特意送给她丈夫谱成曲子;你说可笑不可笑……"

"等一等,"唐克列法斯打断他说,"请你先告诉我那地下室里散出来的火星是怎么回事?""这是人间最愚蠢的一项职业,"瘸腿魔鬼答道。"在那熊熊的炉火旁待着的是一个炼金术士。炉火把他祖传的家财都完全耗尽了,他想得到的东西却还是没有到手。不瞒你说,所谓点金石不过是我虚构出来戏弄人心的东西;人们每每爱做一些他们能力办不到的事。"

"在邻近的一所房子里,"学生接上去说,"我看见两个女人在喝酒,她们是谁?"魔鬼答道:"这是两位有名的妓女,和她们一道寻欢作乐的男子是朝中的两位贵人。""啊!她们是那么俊俏可爱!"唐克列法斯说,"难怪这些贵人争着爱她们。她们对这俩人也是那样温柔殷勤,想必对这些老爷也是十分钟情!""你真太年轻!"魔鬼答道,"你不太了解这种女人;她们的心比她们的脸还要虚假。不管她们做出什么样子,她们对这些老爷是半点感情也没有的。她们接待其中的一位老爷是为了得到他的庇护,敷衍另一位是为了从他那里得到供养。所有风月场中的女子都是这样的,任凭男人们为她们倾家荡产也是白费,她们绝不会因这件事而更爱他们的。任何花钱的老爷受到的待遇都不比一个做丈夫的强,这是我为风月场中亲手定下的一条规章。让这些老爷享受他们重金买来的欢乐吧,在街头等候他们的随从们,却正准备去享受那种白白得来的艳福哩。

"再看离这里不远有一位药剂师,他和他的老婆儿子一道还在药房里工作。你知道他们在干什么?药剂师在为一位老律师配制种子丹,因为这老头明天要结婚。药剂师的儿子在配轻泻剂,那老太婆则在乳钵里研磨一种收敛剂。"

"在正对面那所房子里,我看到一个人匆匆地从床上爬起来穿衣服。""这是一位医生,"魔鬼说,"起来去应急诊。因为有一个迷信医生的人派人来请他去瞧病,那人在上床后的一个钟头内就已经咳嗽了两三次。"

"再往前望，靠右边，"魔鬼接着说，"在一间阁楼里你是不是能看见一个穿着衬衣的人在暗淡的灯光里踱来踱去？""对了，看到了，"学生叫道，"在这阁楼里我还看见一张旧床，一张方桌和一个矮凳子，墙上涂得黑乌乌的，就是这里吧？""对了。在这间阁楼里住的是一位诗人，"阿斯莫德答道，"那看来一片乌黑的，是他自己写的许多悲剧诗文，他用这装饰了他的房间。由于没有纸，他不得不把诗写在墙上。"

"看他踱来踱去时那种激动兴奋的样子，"唐克列法斯说，"我想他是在创作一部重要作品。""你这样想是不错的，"魔鬼说，"他昨天最后完成了他的一本悲剧：《洪水》。在遵守'三一律'方面他是无可非议的，因为所有的情节都发生在洛亚的方舟中。

"我向你担保这是一个精彩的剧本；所有的畜牲都像有学问的人一样说话。这位诗人有心把这剧本献给一位老爷，他已经花了六个钟头草拟一篇献词，他现在正在推敲最后的一句话。我们可以说这篇献词是一个杰作：对这大人物的德行政绩，对他本人和祖先，这短文都颂扬备至。从来还没有一个作家写出过这样多赞美的言词。""这篇献词他预备献给谁呢?"学生问。"这一点他还没确定。"魔鬼答道,"他给人名留下了一个空白。他正在考虑找一位比过去受他献书的人更为慷慨的有钱老爷;不过今天肯为这种献书花钱的人已经不多了。达官贵人们多已改正了这种陋习,因而也给社会上带来一些好处;过去市面上充斥着低劣的作品,它们多数都是为了献书牟利而写的。

"看那些强盗,"阿斯莫德接着说,"他们正从阳台上进入一位银行家的房子里。现在他们从账房里出来了,可是他们没有带什么东西出来。""那为什么呢?"学生问。"那是因为这银行家早有了准备,"魔鬼答道,"他昨天已经把他的全部钱财装在箱子里带到荷兰去了。"

"如果我没弄错的话,"唐克列法斯说,"我似乎还看到一个强盗正沿着梯子向一个阳台上爬。""他才不是强盗哩,"瘸腿魔鬼答道,"他是一位侯爷,正爬梯子预备溜到一位少女的房间里去,这少女已经不愿再作闺女了。这贵族极其随便地向她发誓要和她结婚,她也就此把自己交给了他;

在爱情的交易中,侯爵就像一向有很大信用的大商贾。"

"我还看到一件颇为离奇的事,"学生说,"一个穿睡衣戴睡帽的人在那儿聚精会神地写字;在他旁边我却又看见一个矮小暗黑的身影在牵引着那只写字的手。""那个写字的人,"瘸腿魔鬼答道,"是法院里的一位书记,为了帮一位监护人的忙,他正在篡改一张对被监护人有利的判决书;那牵引着他的手的小矮黑身影是格里法耶尔,他是管法院书记们的魔鬼。""这位格里法耶尔,"唐克列法斯问道,"怕只是代理这个职务吧?佛拉格尔是律师们的魔鬼,法院书记处照我看似乎应当属他管辖。""不,"阿斯莫德不同意说,"法院的书记们配得上有他们自己的魔鬼,其余的部分就由佛拉格尔管。"

"啊,啊!"学生叫道,"那儿又是一个奇怪的景象!在左边那所房子里人们还全都没有睡。有的在吃喝,有的在跳舞,这是怎么回事?""这是结婚喜宴,"魔鬼说,"现在人们在这房子里欢聚,但三天以前这里的主人们却处在极端深重的苦痛之中。这一段情节我应该讲给你听,它是值得一听的。"说着他就开始讲述下面这个故事:

第 四 章

贝尔佛罗伯爵和莱文诺·得·塞斯贝狄斯的故事

"贝尔佛罗伯爵是朝中数一数二的贵族,他狂热地爱上了少女莱文诺·得·塞斯贝狄斯。他不想和她结婚:因为她是一个普通士绅人家的女儿,与他门户不相当;他只想让她成为自己的情人。

"他怀着这种心到处跟随她,一有机会就对她眉目传情,让她知道自己的心意。但是他既无法和她说话,也不能给她写信,因为她身边老是跟着一位女监护马赛尔太太,这女人是又严厉又谨慎,弄得他无计可施。但这种周折只撩得他更加相思,他不住盘算,如何能骗过这位看管他那美人的百眼神[①]。

---

① 是希腊神话中的人物,全身都是眼睛,帮助宙斯照看他喜欢的美人爱欧。

"在莱文诺这边，伯爵对她的情意她也是能感觉到的，就不由得不对他也发生好感；慢慢这点好感在她心中形成了爱情，最后变得非常猛烈。我也没有像平常对别人那样，去煽动她的感情，因为囚禁我的法师不许我执行任何职务；但单是自然的力量就已经够使她这样了。这种力量的危险性并不在我之下；我们之间所不同的就是它是一点一点地使人动心，而我煽动人是来得比较迅速的。

"情势发展到这个地步时，有一天，莱文诺和她那无时不在身旁的女监护一同到教堂去；在那里她们碰到了一个老婆子。这女人手上拿着一串头号的大念珠，满面堆笑向她们走了过来，向女监护说道：'老天保佑你万事如意，请问你是不是过世的马丁·罗赛特老爷的贤德夫人马赛尔太太？'女监护答说：'是的。'这老婆子就向她说：'和你碰到也真凑巧，正好可以告诉你：我家里有一位老亲戚有话想和你说。他是几天前从佛朗德来的；他和你的先生认识，而且交情很深，他有些很重要的话要同你讲。要不是他病倒了，他是应当到你府上去和你

谈话的；可是现在他病得很重不能去了。我的家离这里只两步路，如果你高兴，不妨屈驾跟我到家里去一趟。'

"这位女监护是个聪明谨慎的人，唯恐做出错事，就犹豫着不知道怎么办好；老婆子一下就看出她踌躇的原因，忙向她说：'亲爱的马赛尔太太，你可以完全相信我。我的名字叫希雪娜。学士马果斯·得·非圭拉和米拉·得·迈斯卡待我像自己的祖母一样，就凭他们你也信得过我了。而且我求你到我家去也是为了你的好。我这位亲戚以前借过你先生一笔钱，他现在想把钱归还给你。'一听说还钱，马赛尔太太就接受了她的邀请。她对莱文诺说：'走，我的小姐，咱们去瞧瞧这位好老婆婆的亲戚去；去看看病人也是一件好事。'

"不一会她们来到希雪娜家，被人接到一间矮矮的堂屋里去；那里，床上躺着一个白胡子老头，他看起来像病得挺严重似的。'喂，表哥，'这老婆子把女监护介绍给他说，'这就是你想见的马赛尔太太——你故世的朋友马丁·罗赛特先生的夫人。'听了这话那老头把头微微抬了抬，和女监护招呼了一下，做手势要她走到跟前去。

等她走到床边时，他声音微弱地说道：'亲爱的马赛尔太太，谢谢老天让我能活到这一刻：我最后的一个愿望总算实现了；我真怕死前会不幸碰不到你，不能亲手把一百杜加偿还给你。你的亡夫是我的知交，有一年在布鲁杰斯我和人要进行一场决斗，是他借给了我这一笔钱才把这事免掉的。这件事难道你从来没有听说过？'

"'唉！没听说过，'马赛尔太太回答说，'他从来没跟我提起这件事。他为人慷慨好义，帮助了朋友也不记在心上。他和那些没做好事凭空乱吹的人是大不相同的，他从来不说他帮助了谁。''他心地的善良是毫无疑问的，'老头应着说，'这一点我比别人更清楚；为了证实这一点，我应当跟你讲一讲我在他的帮助下是怎样侥幸脱离危险的。不过由于我要说的话对你那故世的先生关系很大，我还是单讲给他谨慎的太太听好一些。'

"'好吧，'希雪娜说，'既然这事你只想给她讲，这位小姐和我就暂时到我房间里待一待吧。'这话一说完她就让女监护和那病人去谈话，自己把莱文诺拖到另一间房里去，在那儿她开门见山地对她说道：'高贵的莱文诺小姐,这时是一刻千金不容耽搁,我就把一切讲给你听吧。有一位贝尔佛罗伯爵你也见过多次;好久以来他一直深深地爱你,朝思暮想,要把这心意向你表达;但你那位女监护是既谨慎又严厉,直到现在他这心愿都无法得偿。他万般无奈来求我设法,我就替他出了这样一个主意。你刚才看到的老头子是伯爵的一个年轻亲随,我安排了这个圈套,为的是骗住你的女监护,把你带到这里来。'

"她刚把话说完,那藏在帷幔后的伯爵就走了出来,疾步向前,跪倒在莱文诺脚旁说:'小姐,求你原谅,我不把我的情意向你表白,我就活不下去,不得已使出了这个计策。也是这位好心人给我安排与你见面的机会,要不然我就只有忧愁死掉。'这位不讨人厌的人以感人的神情说出这一番话,使莱文诺颇为烦乱。她呆了好一会,拿不定主意该怎样回答;最后她冷静下来,傲慢地望了望伯爵说:'你对这位殷勤帮助你的大娘或许感恩不尽;但是我要告诉你,她为你费的这番心机是不会给你带来什么结果的。'

"这样说着的时候,她走了两步预备回到堂屋里去。

伯爵拦住她说：'我敬爱的莱文诺小姐，请你稍等一下，屈尊听我说几句话。我的感情是真诚的，不应当使你感到不安。当然，对我采取的这种会面的办法，你是完全有理由产生反感的，但是在今天之前，我难道没有想尽方法和你谈话吗？但是都没有成功。十个月以来，你上教堂，散步或是看戏，我都紧紧跟随，我到处找机会向你表达爱慕的心意，然而都没有结果。你的那位残酷无情的女监护每次都使我的愿望落空。唉，高贵的莱文诺小姐，你想一想，以你这样的人品，我在长时期的等待中该会受多么深的痛苦，你应该同情我，而不应当为我被迫采用这个计谋，就把我当作一个罪人。'

"在说这话时贝尔佛罗少不得使出漂亮人物擅长的本事，让自己的神情显得诚挚动人，还洒下了几滴眼泪。这使莱文诺相当感动；她心中不由得泛起一种怜悯的感情。但这并没有使她失去主意，她越是感动，越迫切地觉着要离开这里。'伯爵！'她叫道，'你的话都是白说。我根本不想听它；你别再拦住我；快让我离开这个对我的名誉有损的地方，要不然我就要大声喊叫，把四邻都召了来，让大家看你做出这样大胆的事。'她说话时口气是那样坚决，希雪娜唯恐触犯法纪，劝伯爵不要逼得太紧。伯爵就不再阻止莱文诺照自己的意思行事。这姑娘从他手中挣脱后，带着清白的身子走出房去，从这房间里这样走出来的姑娘，她还是第一个。

"她疾步走到她的女监护跟前说：'大娘，走吧；这滑稽的谈话别再继续下去，我们受了骗啦；快离开这个危险的地方。''怎么回事呀，我的姑娘？'马赛尔太太吃惊地问道：'什么东西使你这样急匆匆地要离开？''这个我回头告诉你。快走；再待下去，每一分钟都会给我引起新的痛苦。'不管女监护多么想知道她为什么要这样急促地离开，她还是无法马上弄清楚；她不得不依从莱文诺的意思，俩人急忙走出屋去，剩下希雪娜、伯爵和他的随从三个人窘在那里，活像几位喜剧家演出了一场给人喝倒彩的戏。

"莱文诺一到街上，就非常激动地把希雪娜房里发生的事一起讲给她的女监护听。马赛尔太太仔细地听着，回到家里之后向她说道：'我的姑娘，我得向你承认，你给我讲的这些话真使我惭愧死了。我怎么竟会受那老婆子的骗？我开头本来不太放心跟她去，但后来我为什么又跟她走了呢？她那和蔼老实的神情我不应当轻易相信；像我这样有经验的人竟干出这种蠢事，这是不能原谅的。唉！我为什么在她那里的时候没有识破这个诡计！那时我要撕破她的脸，要把那个贝尔佛罗伯爵骂得狗血淋头，还有那个给我胡诌的假老头，我要把他的胡子一把扯下来。但不管怎样我现在还是要回那里去，同时把我当着债款收下的钱带去；假如他们一起都还在那儿，那就算他们没有白等。'说完她就离家到希雪娜那里去。

"伯爵还在那里；他计划失败了，正在纳闷。要是另外一个人处在他的地位，就会放弃原来的打算，可是他却一点也不灰心。他有千种长处，却有一个短处，那就是他在爱情方面太任性。他要是爱上了一个姑娘，就会千方百计去赢得她的感情；虽然他还是一个厚道的人，但是为了实现自己的愿望，他什么不法的事都干得出。想到没有马赛尔太太协助，他的目的不可能达到，他就决心不惜一切，把她争取过来，给自己出力。他想这位女监护尽管看起来是那么严厉,在一大笔钱面前也会经不住考验。他这个判断是不错的:如果说还有忠心的女监护,那只是因为那些有情人还不够有钱,不够慷慨。

"开头,马赛尔太太一到那里,看见她要找的三个人都在,愤怒的话就冲嘴而出;她把伯爵和希雪娜一阵大骂,又把还给她的那一包钱向那亲随的头上摔去。这一阵暴怒伯爵都按住性子忍受下去,为了使这场面更加感人他在女监护面前跪了下来,求她收回刚才摔出去的那笔钱,另外他还答应给她一千比斯脱,要求她对他发一发慈悲。她从来没有看见过谁这样死命地恳求她怜悯,加上她也不是那种无法说动的人;很快她就停止了咒骂;她在心中暗暗把伯爵答应给的钱和她从唐路易那里得到的平平常常的收入加以比较,发现放弃自己的责任比执行它更为有利。因此她就以某种方式把钱包收回,又接受了那一千比斯脱;她答应帮助伯爵成全好事,说完马上就动身去履行她的诺言。

"她知道莱文诺是一位贤德的姑娘,就特别当心,不让她怀疑她和伯爵有联系,怕的是她会把这情况告诉给她父亲唐路易。为了巧妙地引动,她回家后就这样向小姐说:'莱文诺,我刚才把我心里的气都出掉了。我找着了那三个狡猾东西,他们都还在那里发呆;我吓唬希雪娜,说你父亲要是知道了会多么生气,又说法律是多么严酷无情。我还痛骂贝尔佛罗伯爵,凡是气头上想得起的话我都骂了出来。我看这位老爷准不会再做这种犯法的事,他从此会把心死掉,不再让我整天防范。我真该感谢上天,你总算靠自己的坚贞,从他给你布置下的陷阱里逃出来了,这使我高兴得流泪。我很快活他们这回是白费心机,什么也没得到。这些老爷把引诱年轻妇女简直当作儿戏,就是那些自命最正派的人物,大多数在这方面也是毫无顾忌的,就好像玷辱别人的家声并不是什么罪过似的。当然,话说回来,我也不是绝对认为伯爵就是这样一种人,也不是说他的确有心要骗你。老是怀疑别人不好也不应该;说不定他也有正当的想法。他在朝中虽然是数一数二的红人,但是你的美貌也未尝不可能使他下决心和你结婚。我记得他在挨我的骂给自己分辩的时候也露出过这个意思。'

"'大娘,你说什么?'莱文诺打断她说,'如果有这个意思,他应当向我父亲提亲,像他这样地位的人我父亲是不会拒绝的。''你说的话有道理;伯爵的行为很可疑,甚至可以说他的用心很坏,我真恨不得再回去把他骂一顿。''不要这样,大娘,'莱文诺说,'过去的事还是忘掉的好,我们鄙视他们也就算得是报复了。''对,'马赛尔太太说,'我相信这是再好不过的主意;你比我想得周到。不过从另一方面看,我们是不是一点也没有把伯爵的感情认识错呢?我们怎么知道他这样做不是别有用心?也许他想在征求你父亲的同意之前,先长时期殷勤待你,等赢得你的欢心,知道你真心爱他时,你两人结合才更有乐趣。假如情形是这样,我的姑娘,我们理他一下是不是大罪过呢?你知道我多么疼你,你把你的想法跟我讲一下好了:你对他究竟是有好感还是讨厌同他结婚?'

"她这狡猾的问题使真诚的莱文诺红了脸低下头去,承认自己对他并没有厌恶的心;但她很害羞,没有能更明白地说出自己的心意,于是女监护就进一步催促,要她不要对她隐瞒任何东西。女监护表现得那样热情，莱文诺最后就不再矜持了。'大娘，'她说道，'既然你要我把心里的话都讲给你听，我就告诉你：贝尔佛罗在我看来是值得人爱的。我看他人长得那样好，谈话又那样动听，我就不由得不被他的情意感动。你无时无刻不守着我，使他无法表达他的情意，这使我有好多次感到很难过；我向你承认我有时心里真可怜他，我只有用叹息来报答他因你严密看守我而受到的苦痛。我还可以跟你说，即使现在，在他做了这件冒失事之后，我心里还是不恨他，还是原谅他，而把他的错处都推在你身上，只怪你把我管得太严。'

"'我的姑娘，'女监护接上去说，'既然你使我知道他这样爱慕你并不使你难过，我就有心帮助你得到这位贵人。''你想给我帮忙，'莱文诺感动地说，'我是深深地感激。即使伯爵不是朝中数一数二的红人，只是一个普通的绅士，我也觉得他比任何人好。只是我们也别欺哄自己：贝尔佛罗是一位大贵人，无疑应当和国内最有钱人家的姑娘结婚。不要指望他会屈就唐路易的女儿，这一家子能给他的不过是一笔平平常常的家财。不可能，不可能，他不会对我有那种好感，他不会认为我配得上跟着他姓；他现在这样只不过是要玩弄我罢了。'

"'唉！'女监护说，'为什么你以为他不会爱你爱到愿意结婚的程度？爱情是可以造成各种奇迹的。照你看老天似乎使伯爵和你之间横着一段无限的距离。其实，你也应当公道一些，莱文诺，他和你结亲一点也不失身份；你们是古老贵族的后代，和你结婚是不会使他难为情的。'她接着又说，'既然你对他有好感，我就应当使他知道；我想去摸清楚他究竟存着什么想法，如果他的想法是正当的，我就给他一些鼓励。''别这样做，'莱文诺叫道，'我完全不赞成你去找他，要是他疑心你这样做是我的主意，他就不再会尊重我了。''唉！我没有你想的那样笨，'马赛尔太太答道；'我开头要责备他，说他有心勾引你。他少不得要替自己分辩，那时我就听他讲，看他究竟存的什么心。最后，我的姑娘，一切你就让我替你办好了，你的荣誉我会和我自己的荣誉一样当心的。'

"在傍晚的时候女监护拿起斗篷走了出去。她在唐路易的住宅附近找到了贝尔佛罗。她把她和女主人谈话的情况一五一十给他讲了，她没有忘记向他夸耀一番她是如何巧妙才探听出这位小姐爱他来的。这个发现比什么都使伯爵欢喜；因此他用最动人的字眼向她道谢，答应第二天就付给她那一千比斯脱。他自己暗想这事已经成功，一个姑娘只要知道了别人爱她，就算勾搭上一半。两人商量完毕，很满意地分了手，女监护回到家里去。

"莱文诺正不安地等着她，见了就问她打听到了些什么情况。'我要告诉你的是头等的好消息，'女监护答道，'一切进行得再顺利不过；我会见了伯爵。我上次的话没讲错，姑娘，他的用心并没有什么不正当的地方；他唯一的目的就是和你结婚；他在我面前用男人中间最神圣的东西起了誓。你也许以为我就这样相信了他，我可没有。我问他：既然你是这样的用心，为什么你不按照平常的规矩向唐路易去提亲呢？他坦然地答道：亲爱的马赛尔太太，如果我还不知道莱文诺对我是什么意思，就由盲目的爱情驱使，去向她父亲求亲，蛮横地把她得到手，这样你赞成吗？不，不能，我觉得她心里的安宁比我想得到的快乐更值得珍贵，我为人忠厚，绝不能为了自己的快乐而叫她痛苦。

"'在他这样说着的时候，'女监护接着说，'我就非常仔细地观察，用我的经验来判断他眼睛里是不是表现出他所说的那种深情。我看得出，他的确是怀着真情；这时我是那样高兴，我简直掩饰不住自己的欢喜。既然我看出他是诚恳的，为了给你保住这样一位有地位的爱人，我就觉得还是把你的感情向他透露一下的好。我对他说：先生，莱文诺并不讨厌你；我知道她是尊敬你的，据我估计你对她这样殷勤并不使她心里难过。这时他高兴得叫了起来，说道：我的天啦！你说的是真的吗？迷人的莱文诺竟然对我有这种好感，这可能吗？亲爱的马赛尔太太，我长时期的不安，现在一下都解脱了，这不都是你的功劳吗？这消息是由你告诉我的，就使我加倍高兴，因为一向反对我这种感情，使我受了这么多痛苦的就是你。为了成全我的幸福，亲爱的马赛尔太太，请你让我和我敬爱的莱文诺谈一谈，我想向她表白我的心意，我要当你的面向她起誓，我永远只属于她。

"'除了这些话,'女监护接着说,'他还说了好些更动人的话语。最后,我的姑娘,他那样苦苦地求我给他找一个私下和你见面的机会,我实在没有办法不答应他。''呀!你怎么能答应他这样一件事?'莱文诺带着几分不安叫道,'你不是对我说过千百次吗?一个贤德的姑娘,应当绝对避免这样和男人会面,这种谈话只会带来危险。''我承认我对你说过这种话,'女监护答道,'这是一条很好的处身原则;不过在现在这个情况下,是可以允许你不遵守这一条守则的,因为你可以把伯爵看作是你的丈夫。''可是他现在还不是,'莱文诺反驳道,'只有等我父亲答应了这门亲事之后,我才能见他。'

　　"这时候马赛尔夫人真后悔不该把这姑娘教得这样规矩,弄得简直无法使她稍稍放任一点。她心想无论怎样费事也得想法达到目的,就接上去说:'我亲爱的莱文诺,看你这样谨慎小心,我真替自己高兴。这都是我平时用心管教你的好结果!我教给你的东西你都用上了。我能有这种成绩也真使人高兴。不过,我的姑娘,你把我教你的东西也用得过分了一些。我的守身原则也不是这样机械刻板的；我看你也未免规矩得不近人情。我尽管以严厉自傲，但一个人一味讲贤德，不管好人歹人一起严酷对待，这样我也不赞成。一位姑娘，如果明知道爱她的人是一番真情，听一听他谈话也算不得是不规矩，如果别人的爱情使自己动心并不算有罪，回答一下别人的爱情也算不了什么。莱文诺，你还是信赖我吧；我经验多，又一心为你着想，是不会让你错走一步，受到损害的。'

"'唉！你要我在哪里和伯爵谈话呢？'莱文诺问。'就在我们的房间里谈，'女监护答道，'这是最保险的地方。明天夜里我就带他到这里来。''那可不行，大娘，'莱文诺说，'啊！我竟然让一个男人……''对了，你得让他来，'女监护打断她说，'这种事也不是你想象的那样了不得，是经常发生的，愿上帝保佑，让那些和人这样会面的姑娘也有你那样纯洁的心！而且又有什么值得你担心的呢？难道我不在你跟前吗？''万一我父亲发现了怎么办？'莱文诺问。'在这方面你也别担心，'马赛尔太太答道。'你的父亲对我们是放心的；他知道我忠心；对我完全信任。'在女监护这样有力的怂恿下，加上自己的情感也在暗中支使，莱文诺就再也无法抗拒；她答应了向她提出的要求。

"这消息伯爵马上就知道了。他是那样高兴，他立刻给了为他办事的人五百比斯脱，外加一颗价值与这相当的戒指。马赛尔太太看他说话那样守信，自己也不能不同样守信。在第二天晚上，等她觉得家里人都已安歇的时候，就把伯爵给她的一根丝质软梯拴在阳台上，就这样让他进入了女主人的房间。

"这时候这位少女正沉浸在烦乱的思虑中，这种种考虑使她非常烦恼。尽管她对伯爵怀有好感，尽管她的女监护同她讲了这么多话，她还是后悔不该轻易答应与人会面，这是她的本分所不容许的。半夜里在自己的房间里接待一个男人，这男人既没有向她父亲提亲取得同意，她自己也摸不清他究竟怀着什么心意，这在她看来，不仅是有罪的行动，而且是值得她的爱人鄙视的。最后这个想法给了她最大的痛苦；她正在沉思着的时候，伯爵走了进来。

"他先俯身跪倒在她面前，感谢她让他到这儿来。他表现得极为热情和感激，同时还向她保证他是有心和她结婚的；不过在这方面他说的话没有她希望的那么多，她就对他说道：'伯爵，我很愿意相信你内心存在的就是你刚才说的那种想法；但是，不管你怎样向我保证，没有经我父亲同意，你这些话还是使人怀疑的。''小姐，'贝尔佛罗答道，'如果不是怕给你造成不安，我早就向你父亲提出这项请求了。''你还没有这样做我并不怨你，'莱文诺接上去说，'我甚至对你细致的考虑还很赞成；可是现在已经没有什么妨碍你这样做了，你就应当尽早向我父亲提出，要不然就下决心永远不再和我见面。'

"'呀！怎么啦，美丽的莱文诺，'他答道，'你叫我不再和你见面？你对爱情甜美的味道也太没有感觉了！如果你和我一样热情，你就会乐意和我私下往来，至少在一段时间内不忙告诉你的父亲。对两颗紧紧连着的心来说，这种秘密的往来是有说不尽的味道的！''这对你可能是这样，'莱文诺说，'可是给我却只能带来苦痛。对一个有品德的女子在感情上做这种要求是不合适的。请你别再说这种有罪的来往有多么大的乐趣。如果你真尊敬我，也不会提出这种要求；如果你的想法，是你口头想使我相信的那样，那么，我要对这种要求不起反感，你在心的深处也会责备我的。不过，我的天啦，'她洒了几点眼泪接着说，'我受这委屈，都只怪自己脆弱，让你到这里来，我是罪有应得。'

"'我敬爱的莱文诺，'伯爵叫道，'是你让我受了极大的委屈！你为人过于贤惠谨慎，对目前的情况产生了不必要的顾虑。你以为我幸运地得到了你的感情，就会不尊重你，这是哪里有的事？这又是多么不公道的说法！不，小姐，我知道你对我的情意是多么珍贵，我绝不会因你对我好反而不尊敬你；你要我怎样做我就怎样做。明天我就可以和唐路易老爷去谈；我要尽我的一切力量去求他成全我的幸福。不过，我不想瞒你，成功的可能性看起来是不大的。''你说什么？'莱文诺问道，'像你这样一位在朝中有地位的人提亲，我父亲竟然会拒绝？！'

"'唉，就是我的地位使我害怕他会拒绝，'贝尔佛罗答道，'这话可能使你吃惊，可是一会儿你就会明白的。几天以前皇上向我宣布他要给我娶亲。他没有说他要提哪一位小姐,他只透露出这是朝中头一等的姑娘。他对这婚事是很关心的。由于我不知道你对我是什么态度,你的严谨使我到今天才弄清楚你的心意,我那次就没有向他表示任何不赞同的意见。在这事之后,小姐,你可以判断唐路易老爷是不是会甘愿冒犯皇上,接受我做女婿。'

"'当然不会,'莱文诺说;'我了解我的父亲。不管和你结亲会有多少好处,他也会放弃它,以免招惹皇上的不高兴。但是即使他不反对我们结婚,我们的情况也不见得有什么好;因为,伯爵,既然皇上已经给你另外找了人,你怎样能娶我呢?''小姐,'贝尔佛罗答道,'我老实向你承认,我现在在这方面的处境是相当困难的。但无论怎样,我还是希望能够应付这个困难局面,能够哄住皇上,利用他对我的感情,设法逃脱这门不幸的亲事。而且你,美丽的莱文诺,只要你认为我配得上在你跟前,也是能帮助我的。''哟!'她说道,'我有什么方法能使皇上打消给你提的亲事?''啊!小姐,'他用热情的口吻说,'如果你愿意接受我的爱情,我会把自己保全下来

供献给你,并且不触怒皇上.'

"'我敬爱的莱文诺,'他跪了下去接着说,'求你允许我在这位马赛尔太太面前和你结婚,她可以做见证,对我们神圣的结合负责。这样一来,我就可以毫无痛苦地摆脱别人给我安排的那门苦痛亲事;在这之后,如果皇上催促我接受他给我选定的姑娘,我就可以跪倒在他脚下,向他说我爱你已经很久,而且已经私下和你结了婚。那时不管他多么想我和另外那位女子结婚,他善良的天性会使他不忍心把我从我爱慕人身边扯开,而且他为人公正,一定也不愿意使你的家庭蒙受这样的羞耻.'

"'马赛尔太太,你觉得怎么样?'他转过身向女监护说,'爱情促使我想出了这个主意,你觉得好不好?''这办法好极了,'马赛尔太太说,'应当承认,爱情是能使人脑子灵活起来的。''你呢,可爱的莱文诺,'伯爵接着说,'你怎么说呢?你心里有疑虑,也许会不同意这个想法吧?''不,我同意,'莱文诺答道,'只要你让我的父亲也进来;我相信在你给他把这情况讲明之后,他是会同意的.'

"'我们应该慎重,别把这情况告诉他,'这时女监护插进来说,'你不知道唐路易老爷的脾气,他是很讲究名誉的,不会同意发展这种隐瞒别人的爱情。要求这样秘密结婚只会使他恼怒,同时,他是一个谨慎的人,少不得要顾虑这样一个违反皇上意旨的结合会有怎样的后果。你让他知道了这事反会使他胡乱猜疑起来,他会不断地监视我们的行动,你们以后就无法会面了。'

"'唉!我真要痛苦死了!'我们的这位大臣叫道,'不过,马赛尔太太,'他装出一副忧烦的神情接着说,'你当真相信唐路易老爷会不答应我们秘密结婚吗?''这是不成问题的,'女监护答道;'当然他可能会同意结婚,但是,要结婚时免除教堂的仪式,像他这样一位谨慎规矩人是不会答应的;如果要行教堂仪式,这事不久也就会让人家知道了。'

"'啊!我亲爱的莱文诺,'伯爵这时温存地握紧他情人的手说,'难道为了顺从一种不切实际的伦理观念,我们就冒这样大的危险,不惜将来永远分离吗?只要你自己拿定主意你就和我在一起了。能有父亲的同意,心里也许可以安稳一些；但既然马赛尔太太已经证明要得他的同意是不可能的，那你还是体谅我一片真诚，偿我的心愿吧。请你接受我的这颗心；等到该向唐路易老爷说明我们的婚事时，我们可以把隐瞒他的原因告诉他。''好吧！伯爵，'莱文诺说，'我同意你不用这么早对我父亲提。你先去试探一下皇上的想法好了；在我私下接受你的情意之前，如果必要的话，你可以向皇上说你已经和我秘密结了婚；先用这假话试探一下……''啊，这样不行，小姐，'贝尔佛罗不同意地说，'我是痛恨撒谎的，不敢说这种假话；我也不能违反本心到那种程度。而且，我是了解皇上的，如果他发现我骗了他，他一生也不会原谅我的。'

"唐克列法斯先生，"魔鬼接着说，"如果我把贝尔佛罗勾引这少女所说的话一句句重复一遍，这故事也就讲不完了。我只告诉你，在这样场合下人们受我感应而说的各种热情的话他都说了，他发誓他要尽早把他们私下的结合公开，他要求上天为他的誓言做证，但这些都是白费，他无法使这位贤德的莱文诺屈服；最后天快要亮了，他不得不勉强离开。

"第二天，女监护由于相信应当把这事进行到底，因为这是与她的信用有关的，或者说得确切些，与她的利益有关的，就向唐路易的女儿说：'莱文诺，我不知道该再和你说些什么；我看出你对伯爵的深情是有反感的，就仿佛他这样待你只不过是普通那种调情求欢似的。你是不是在他身上发现了什么使你厌恶的东西？''没有，大娘，'莱文诺答道，'相反的他现在似乎变得比什么时候都可爱，他的话语使我在他身上感觉到了新的惹人欢喜的地方。''假如情形是这样，'女监护接上去说，'那我就不懂你了。你对他有强烈的好感，但是我们向你说明必须要做的事你怎么又不肯做？'

"'大娘，'唐路易的女儿答道，'你比我谨慎，又比我有经验；可是你想到没有，不得父亲同意而结婚会有什么后果？''当然，'女监护答道，'这方面我什么都考虑到了；命运给你安排了这样一门好亲事，你却那样顽固，不肯同意，真使人难过。你这样固执，当心不要把你的爱人惹烦了。现在他一心爱你，什么都不考虑，当心他别冷了下来又再从物质利益上去考虑问题。既然他要把心交给你,你就应当毫不犹豫地接受。他的话说了是算数的,一位正人君子说的话比什么都可靠;况且还有我做证明,他一定会承认你是他的妻子的;你难道不知道,万一他违背了誓言,只要有我这样一个人做证,他就能受法律的制裁?'

"这狡猾的马赛尔就用这样一类的话使莱文诺动摇了,几天之后她因为怕失掉伯爵,就让自己落在他手中了。从此每天夜里女监护就让他从阳台上进入莱文诺房间里,天亮前让他离去。

"有一天夜里,她通知他离开的时间,比平时稍微晚一点,这时天已破晓,他慌忙顺着软梯溜到街上去,不幸失足,咕咚一声摔倒在地上。

"唐路易·得·赛斯贝德的卧房正在他女儿的房间上面,这天要办几件紧迫的事情,他很早就起床了。听到了这响声,他打开窗子想看是怎么回事;只见一个男子从地上吃力地爬了起来,同时看见马赛尔太太站在他女儿的阳台上,在解掉那条伯爵下去时没有踏稳的丝质软梯。他先揉了揉眼睛，怕这是自己眼花产生的幻觉；但仔细观察了一番，认定这是再真实不过的事；这时天刚亮，光线虽然还很暗，他却清楚地看见了这件使他羞惭的事。

"这景象对他是一个致命的打击，在暴怒之下，他穿着睡衣，一手拿剑，一手擎着蜡烛，走下楼到莱文诺房间里去。他要找着她和女监护一起杀掉来消除心中的怒气。他把她们的房门一阵敲打，要她们开门；她们听出了他的声音，一面发抖一面把门打开。他怒气冲冲走进房来，明晃晃的宝剑举在她们眼前，说道：'你这不要脸的东西，我要用你的血洗去你给你父亲蒙上的羞辱；还有你，你这无耻的贱人，我把女儿全心托付给你，你却做出这种负心的事，今天我也要一并收拾你。'

"她们俩人双双在他面前跪了下来，女监护开口说道：'老爷，你要惩罚我们，我们也该接受，但是先请委屈听我说几句。''好吧，冤家，'老头答道，'我暂时饶你们一刻时间；你们把事情的全部情况给我讲出来！唉！我说些什么话！全部情况！啊，我都知道了，不知道的只有一样，就是那玷辱我家门的狂徒姓甚名谁。''老爷，'

马赛尔太太接上去说,'这位公子就是贝尔佛罗伯爵。''贝尔佛罗伯爵?'唐路易叫道,'他在哪里看见我女儿的?他怎样把她勾引上的?把这些你都一一讲出来。''老爷,'女监护回答说,'这事情的经过我要老老实实毫不隐瞒地讲给你听。'

"说着她就用一种了不得的技巧把她编给莱文诺听的所谓伯爵讲的话重复了一遍,她把伯爵描绘成一个非常好的人:又多情又细腻又诚挚。至于最后的一段情形,由于不能隐瞒,也只好说了;但是她用了很多理由,说明唐路易的女儿为什么要背着父亲暗地和人结婚,她把这些理由说得那样使人信服,以至于唐路易的怒气竟慢慢给平息下来。这一点她清楚地感觉得到,为了进一步使老头心软,她对他说道:'老爷,你想知道的就是这些。现在你惩罚我们吧;你一剑刺到莱文诺胸里去好了。不,我这说的是什么话?莱文诺是无罪的,她不过是听信了我的话罢了,而我是你请来管她的;你要杀只能杀我,是我把伯爵引到你的小姐房里去的,是我牵的线把他们连起来的。我这样不顾成规,让他们背着你结婚,只是为了使你能得到一位好女婿,他在朝中是头等红人,他一高兴就能使人得到皇上的宠幸,这你是知道的。我想到的只是莱文诺的幸福,只是你们家庭和这种人结亲能得到的好处;我热情过了分,就把我的职责背弃了。'

"当奸狡的马赛尔太太在这样讲着的时候,她的女主人一直在啼哭;她显出那样深沉的痛苦,这善良的老头实在抗拒不了,他的心软了下来,怒气化成了怜悯;他把剑丢下,消除了恼怒的神情,眼中含泪地叫道:'啊!女儿,爱情是一种不幸的感情!唉!你不知道你还会受到多少痛苦。现在爸爸闯了进来,你感到羞愧,就哭成这个样子,你哪里知道你的情人还给你准备下多少苦痛让你受。还有你,你这冒失的马赛尔,'他接着说,'你对我们家这种盲目的热情,使我们陷入多么危险的境地!我也承认和伯爵这样一个人结亲是一件好事,也就是这个原因你们失去了理智,因此我也原谅你们,可是你们对这样性格的人一点都不怀疑,难道应该吗?他越是有权有势,你们就越应当存戒心。假如他狠心背弃了莱文诺,那我可怎么办呢?我能求法律帮助吗?像他这样有地位的人是很容易逃避法律的制裁的。我只有希望他遵守他的誓言，能照他对我女儿说的话去做……不过，要是皇上真是如他所说的那样，有意要他娶另外一个姑娘，倒是值得忧虑，是不是他会倚仗他的威权逼迫他去这样做。'

"'啊，说到逼迫他一层，爸爸，'莱文诺打断他说，'我们倒不必担心。伯爵一再跟我们说过，皇上不会做出这样伤他感情的事的。''这一点我也相信，'马赛尔太太说，'这位皇上深深地宠着他，绝不会对他做这种无情的事，同时他也是仁慈厚道的君王，忠勇的唐路易老爷，半生为国效劳，他也不会愿意给他造成这样深的痛苦。'

"'但愿上天保佑，我担的是不必要的心！'老人叹了一口气说，'我要到伯爵那里去一趟，把这问题弄清楚；一个做父亲的人眼睛是锐敏的；我会一直看到他心里去；如果我发现他是我希望的那样，那你们过去的事我就不追究了；可是，'他用坚定的口吻接着说，'如果从他的话里我听出他是虚假的，那么你们俩人就都给我进修道院去，一生一世去为你们的冒失行为流泪吧。'说完这话，他把宝剑捡起，上楼去穿衣服，剩下她们俩人惊恐地呆在那里。"

"阿斯莫得先生,"唐克列法斯听到这里叫道,"在接着讲这故事之前,先请告诉我,那个四壁挂着紫红幔帐的房间里发生了什么事。我看见五六个女人争着把一瓶瓶的酒拿给一个男用人。""这是一件值得你注意的事,"魔鬼答道,"在这所房子里住着一位宗教审判所的审判官,他正在生病。有一间房间里可以看到两个女人,审判官就睡在这间房间里。这两个女人平时是在他跟前做忏悔的,现在就在这里看守他:有一个在给他做肉汤,另外那个这时坐在他的床头,注意使他的头部暖和。""他害的是什么病呢?"学生问。"这是头部着凉,"魔鬼答道,"值得担心的是寒气可能会转到胸部去。前边房间里你看到的那些女人也是虔信他的人,她们听说他生了病,就都带了补品来看他。一个带来了各种稀有的果汁,如枣子汁、白葵露、珊瑚露、紫菀露等;另一个为了滋补他的肺,带来了长命露,玄参汁,和上等壮阳酒。还有一个为了给他补脑健胃,给他带来了香草精、肉桂精和麝香琥珀去毒水等。这些女人都在向这位审判官的用人夸耀自己带来的东西好。她们一个接一个把他拉过来,在他手里塞一个杜加,又在他耳边说:'罗伦,亲爱的罗伦,请你设法让老爷用我这药。'这就是你想知道的东西;"魔鬼接着说,"下面我就要接着去讲刚才的故事。"

第 五 章

伯爵和莱文诺的故事如何发展,如何收场

"唐路易一早出门到伯爵家里去。伯爵没有想到自己的事已被人发觉,看到他来,颇为惊奇。他向老人迎了上去,和他紧紧拥抱,说道:'看到唐路易老爷光临,我真是万分高兴!你来莫不是有什么事可以允许我为你效劳?'唐路易答道:'爵爷,请吩咐两旁的人退去。'

"贝尔佛罗照他的话做了,两人坐下;老人先开口,说道:'爵爷,有一件事我想请你说明,为了我今后的愉快和平静,你必须这样做。今天早上你从莱文诺房里出来给我瞧见了。她对我什么都已承认:她说……''她说我爱她,对吧?'伯爵因为想避免听他不想听的那些话,就打断他说,'真的,我对她的感情,她只不过向你说了一小部分；我完全为她倾倒了，她是一个十分令人爱慕的姑娘：才智，相貌，人品，样样都好。有人告诉我你还有一位少爷，在阿尔加拉读书；他像不像他的姐姐？假如他有她那么漂亮，不用提他从你这里得来的别的优点，他就已经是一个完美的骑士了；我真想见一见他，我愿向你表示我对他的关心。'

"'你对他这样关怀我很感谢，'唐路易严肃地说；'不过我们还是谈……'这时伯爵又打断他说：'应当马上让他出来为国家服务；我可以负责他的前途，他不会老当下属的，这一点我可以向你担保。''伯爵，别再打断我的话了，'老头不耐烦地说，'请你回答我，你说的话究竟打不打算兑现……''当然，没有问题，'贝尔佛罗第三次打断他说，'我说了要尽力帮助你的儿子，当然要这样做。请相信我，我是一个真心实意的人。''你做得也太过分了，伯爵，'赛斯贝狄斯站起身来叫道：'你勾引了我的女儿，现在竟敢又侮辱我！可是我可不是那种没血性的人，你给我们的损害一定要受到报应的。'说完他退了出来，回转家去；他胸中满怀怒气，千百种报复的主意在他脑中起伏。

"一回到家里他就极端难过地向莱文诺和马赛尔太太说:'我刚才怀疑伯爵的事,果然没有怀疑错;他是一个不讲信义的人,我要报复他。至于你们,没有什么可以说的,明天就给我进修道院,你们现在准备动身好了。你们应当感谢上天,我的怒气没有让我给你们更重的惩罚。'说完这话他回到自己书房中去,把门关上,去仔细考虑在这样一个困难的局面下应当采取怎样的办法。

"莱文诺听到贝尔佛罗是这样一个没有信义的人,她是多么伤心!好一会她都木然不动,脸上一片死灰色;她神志昏迷地躺在女监护怀里,看来就像要断气的样子。女监护极力救护,设法让她苏醒过来,最后莱文诺渐渐恢复了知觉,把眼睛睁开。她看见女监护在忙着救护她,她叹了一口长气说:'你真残酷!刚才我反倒快活一些:我对我命中的苦难一点也没有感觉。你为什么又把我拉了转来?为什么不让我死掉!我内心的苦痛你不是不知道,为什么让我活下去,受这种折磨?'

"马赛尔设法安慰她,但这只使她更加难过。唐路易的这位女儿嚷道：'你说的话都是多余的，我不愿意听。你想叫我不伤心是白费时间，结果只惹得我更伤心。我今天落到这种境地都是你一手造成；是你向我担保伯爵的诚心的。没有你我也不会放纵我自己的感情，我会慢慢地将它克制住；我至少不会让伯爵从我这里得到半点便宜。不过，我也不想把我的不幸都归罪在你身上，'她接着说，'我怨的只是我自己：我不该听从你怂恿，不经父亲同意就接受别人的感情。不管贝尔佛罗伯爵这样求爱对我是件多么荣幸的事，我也只应当藐视他，不应当不顾我的名节接待他。总之我恼恨他，恼恨你，也恼恨我自己。我脆弱，轻信了他虚伪的誓言，我使我不幸的父亲伤心，使我的家庭受辱，经过了这些，我自己也厌恶自己了。要我去修行，一点也不使我害怕，为了隐藏我的羞惭，再可怕的生活我也愿意去过。

"在这样说着的时候，她放声痛哭，这还不够，她把衣服也撕破了，她情人的不义使她美丽的头发也遭了殃。女监护为了和女主人的情绪相称，也少不得矫揉造作一番：她流了几滴虚情假意的眼泪，又把男人普遍地咒骂了几百遍（贝尔佛罗自然挨骂最多），然后叫道：'伯爵外表忠厚，不想内心这样卑鄙，竟然把我们两人都骗了！这怎么可能呢？这真使人想不通，我简直无法相信。'

"莱文诺说：'的确，只要回想一下他跪在我面前的样子！看他那多情的神情，看他那样殷切地向天表明心迹，那样一阵阵热情奔放，哪个女孩子会不相信他？而他的眼睛比他的言语表现得情感还更深。总之，他看见我了就像着迷的似的。不，他不可能是在骗我；我不能这样想。说不定是我父亲和他谈话时不够小心，两人一下闹翻，伯爵答话时就拿出了贵族的身份。当然也可能我现在是在欺哄自己！但不管怎样，我总得弄个水落石出：我要给贝尔佛罗写一封信，告诉他我今夜在这里等他；我愿意他来安定我受惊扰的心，要不然也希望他亲口向我说出他的确是背弃了我。'

"这主意马赛尔很赞成；她还暗想，伯爵虽然别有野心，但在这次谈话中也可能会被莱文诺的眼泪感动，决心和她结婚。

"在伯爵这边，等善良的唐路易走掉之后，他就想，他这样对待老头会引起什么后果。他估计受了这样的损害，赛斯贝狄斯全家都会想向他报仇；不过；这并不使他感到多么不安。最使他放心不下的是他情人的情况。他想：莱文诺就要被送进修道院了；至少，她会受到严密的监视；看情形他是不会再见着她的了。想到这里他非常懊恼，他暗想有什么办法能改变这不幸的情况。正在这时，他贴身的随从送进来一封信，说这是马赛尔太太刚才塞在他手里的。这是莱文诺的来信，上面写着这样的话：

我明天就要离开尘世，去过古壁青灯的凄苦生活。到今天我的名节败毁，成了家庭的羞辱，也为自己所厌弃。我沦入这种可悲的境地，都是因为听信了你的缘故。然而就在这苦痛的境况下，我还在追寻新的苦痛：我盼望今晚你还能到来，来向我亲口说出你当时起誓确是心口不一，要不然就用行动证实你的话并不虚假。只有这样才能改善我凄苦的命运。不过你和我父亲之间既然发生了这件不愉快的事，你这次来就可能有某种危险，因此你最好还是带一位朋友在身边。虽说我命中的不幸都是由你造成，我仍然感觉到我应当关心你的命运。

莱文诺

"伯爵把信看了两三遍，把莱文诺自己描写的处境也想象了一会，不觉有些感动。过去，在感情的冲动下，他什么也不顾虑；现在，理智和是非羞恶之心慢慢又恢复了，他那股一味胡行的劲儿就一下都消失掉。他想起为了满足自己的情欲，他耍出那么多阴谋诡计，这时不由得像一个刚发过高烧的人为他病中的胡言乱行感到难为情一样，他感到万分羞惭。

"'可恶的东西，你干的什么事啊！'他说，'什么魔鬼迷住了我？我答应娶莱文诺，我对天发誓，我还假称皇上给我做媒；我撒这种谎，耍这样的手段亵渎神明，都只是为了败坏一个纯洁的姑娘。多么可怕！我与其用这种罪恶的手段来满足我的情欲，我何不用力来把它克制掉？把一位良家姑娘勾引上手，玷辱了她的家声，然后我却把她丢掉，让她受家庭的惩罚去！她给了我快乐，而我却把她弄得这样痛苦，我是多么无情无义！我给她的羞辱和损害,难道我不应当去补救吗?我应该。我愿意履行我对她作的诺言,娶她为妻。这样一个公正的决定不会有谁反对。同时,她对我的好也不应当使我怀疑她的品德。我自己知道我是费了多少周折才使她听从我的。她相信我,这并不是因为我表现得热情,而是因为我发了誓……只是,从另外一方面看,假如我仅仅娶这样一个妻子,对我的确是一个相当大的损失。以我的身份,要娶朝中一位最高贵最有钱的姑娘都是很有希望的,现在难道就甘心和一位家财平平的普通士绅的女儿结婚?朝里的人们会对我怎么想呢?人们会笑我结了一门滑稽的亲事。'

"贝尔佛罗在爱情和势利心之间挣扎着,不知如何决定才好;但尽管他没能肯定要不要和莱文诺结婚,他还是决定这天夜里去和她见面,这一点他让他的随从通知了马赛尔太太。

"在唐路易这边,他一天都在考虑如何洗雪耻辱。目前的情势他看来颇为棘手。如果向法庭起诉,只会使这丑事公开,而且他知道法庭和公理是两回事。要说到皇上面前跪倒去控告，他也不敢：他相信既然皇上有意替贝尔佛罗定亲，这样做就不会有什么用处。最后就只剩决斗这一条路了，因此他的心思就在这个主意上兜圈子。

"在怒火的促使下，他几乎预备亲自向伯爵挑战；但一想自己年老体弱，不敢相信自己的臂力，就决定让他儿子来动手，他相信儿子的剑法比自己精。他派了一个用人带了一对信，到阿尔加拉去找他的儿子，要他立刻回马德里，来为他们家庭受的侮辱报仇雪恨。

"他这儿子名叫彼得，是一个十八岁的骑士，模样长得好，为人又勇敢，在阿尔加拉算是最刚勇的大学生。这人你是认识的，"魔鬼接着说，"我就不必对他多加描绘了。"

"不错，"唐克列法斯说，"他的勇气和他的人品都是了不得的。"

"他父亲以为这青年现在在阿尔加拉，"阿斯莫德继续说，"其实他不在。为了要会他爱上的一位姑娘，他现在到马德里来了。这位姑娘是他上次回家时在布拉托认识的。她的名字叫什么他还不知道；由于她要求他别打听她的姓名，他只好勉强忍受这种别扭的情况。对他发生感情的这位姑娘是个上等人家的小姐，她觉得在让他知道自己是谁之前应当先考验一下这学生是不是为人谨慎，是不是始终如一。

"他对这位不知名的女子比对亚里士多德的哲学更有兴趣得多，加上阿尔加拉离马德里又不远，他就和你这个逃学的学生一样，时常偷偷地到这里来。你们中间所不同的是：他的对象比你的那位唐娜托玛莎要值得爱慕一些。为了不让他父亲唐路易知道他到这里看爱人，他平常总住在城厢的一所客店里，在那里他用了一个假名字。他每天早上出去，在一定的时刻到一所房子里去和那位使他无心念书的姑娘会面，这姑娘每次由一个女用陪同到这里来。其他的时候他都待在客店里；不过，在晚上，一等夜色降临，他就满城游逛，也算是一种补偿。

"有一天夜晚，他从一条僻静的街道穿过，听见有乐器的声音，他觉得值得一听，就停了下来。这是一个音乐晚会。主持的人因为喝醉了酒，不免显得粗野。一看见我们这位学生，就疾步走了过来，也不作其他招呼，用一种生硬的口气说道：'朋友，走你的路吧，我不喜人在旁边听。'彼得听了这话觉着有些刺耳，答道：'你说话稍微客气一点，我是可以走开的；可是我现在偏要待在这儿，好教训你怎样说话。''瞧吧，'这位乐师抽出剑答道，'看咱们两人谁服谁。'

"唐彼得也拔出剑来，两人开始厮打。这位乐师虽然剑法纯熟，对方狠狠给他的一剑他却没有能力闪过，立刻栽倒在石板地上。音乐会的其他演奏者本来已经都离开了乐器，拔出剑准备援救，现在就一拥而上，向他攻击，为死者报仇。彼得在这情况下把全身本事都施展出来。他不仅灵巧地把他们刺过来的剑一一避开，而且还向他们猛力反刺，他一人同时抵挡住所有的敌人。

"但是对方人多势众，又是那样顽强，彼得虽然剑术精湛，慢慢也抵挡不住；要不是贝尔佛罗伯爵从路旁经过，他的性命就算完了。伯爵是一位英勇豪侠的人，看见这样多人和一个单人厮打，不免为他不平。他拔出剑来冲上前去，和彼得并肩厮杀，他们两人冲杀得这样凶猛，那些音乐会的演奏者不得不一一逃走，有的受了伤，

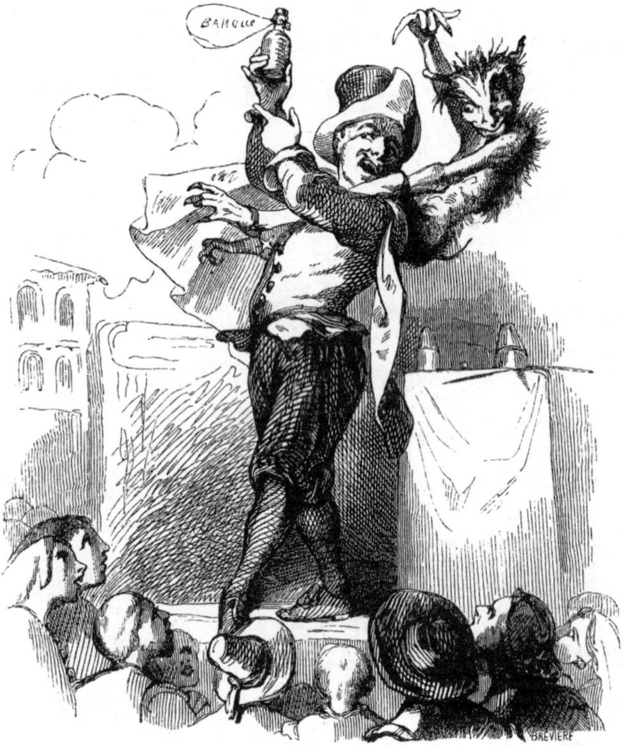
BREVIERE

有的险些受伤。

"在敌人退走之后,这学生忙向伯爵表示心头的感激;但贝尔佛罗止住他说:'别说这些话了;你有没有受伤?''没有,'唐彼得答道。'那么我们离开这儿吧,'伯爵接着说,'我看你杀死了一个人,再在这条街上待下去是危险的:法院的人可能来把你抓住。'他们俩迈步走开,转入另一条街道,等离出事地点远了,他们才停了下来。

"唐彼得心中有说不出的感激,忙求伯爵把姓名告诉他。贝尔佛罗也不拘客套把名字说了出来,回过来又问他姓甚名谁。这学生不愿被人认出,就答说自己的名字是唐璜·德·马托士;他说伯爵救了他的性命,他将终身记住。

"伯爵说:'我想今晚就给你一个报答的机会。我要和人幽会,可能有些危险,想找个朋友陪我一道去。你的勇气我是知道的,唐璜,我能不能请你陪我去?''你这样问只使我难过,'这学生说,'我这一条命是你救的,能为你去冒险是再好不过。走吧,我跟你去。'这样贝尔佛罗就带着唐彼得来到唐路易的住宅，两人都从阳台上进入莱文诺的那套房间里。"

听到这里，唐克列法斯打断魔鬼的话头说："阿斯莫德先生，唐彼得竟然不认识他父亲的住宅，这可能吗？""他是认不出的，"魔鬼答道，"因为这是新住所：唐路易是一星期前搬到这里来的。这一点我正预备向你交代，你就把我的话打断了。你太性急，这种打断别人话头的习惯是不好的，以后要改正。

"唐彼得没有疑心他是在他父亲家里，"魔鬼继续说，"也没看出接他们进去的那个人就是马赛尔太太，因为她手上没拿灯。他和伯爵进入外间之后，贝尔佛罗请他就待在这里，他自己一个人到他情人的房间里去。这学生答应下来，找一张椅子坐下，手中提着剑等候，防备有人袭击。在等着的时候他出神地想着爱情给贝尔佛罗带来多么大的幸福，他希望自己也和他一样幸运。他那不知名的姑娘虽然待他不错，但还没有好到像莱文诺对待伯爵的这个程度。

"当他正以一个热恋人的心情在这方面作种种幻想

时，他听到悄悄开门的声音。这不是莱文诺房间的门，而是另外那一扇门。从锁眼里他看见了一线灯光，他忙立起身向那徐徐打开的房门走去。开门的不是别人，正是他的父亲。他这时到莱文诺房间里来，是为了看伯爵在不在这里。这位好人本来觉得发生了这场事之后，他的女儿和马赛尔不会敢再接待他，也是这个缘故，他没有叫她们到别的房间里去睡；但是他又想明天她们就要进修道院了，在这之前她们还是有可能想和他最后会一面的。因此他决定来看一看。

"学生横着剑向门外说：'谁都别进来，要不，小心你的性命。'听见这话唐路易往里一望，看见了唐彼得，而唐彼得现在也在仔细打量他。两人马上都认了出来。'啊，我的孩子，'老人叫道，'我等你等得好苦啊！为什么你到家了也不告诉我一声？你是怕引起我不安吗？天哪！在现在这残酷的处境下我的心是安不了的啦！''啊，爸爸！'唐彼得很烦恼地说，'是你吗？我的眼睛是不是看错了人？''你为什么这样吃惊？'唐路易说，'你不是在你爸爸家里吗？我没有告诉你我们搬到这房子里已

经有一星期了？''天啦！'这学生说,'你说的是什么？那么我现在是在我姐姐的房间里了？'

"他刚把话说完,伯爵因为听见有响声,怕有人袭击护卫他的人,就提着宝剑从莱文诺房间里走了出来。老头一看见他,不由得心头火起,忙指着他向他儿子嚷道:'看,这就是破坏了我的安静,玷辱了我们家声的那个无法无天的东西。咱们快去报仇,快去惩罚这不讲信义的人。'说完这话,他从他的睡衣下抽出宝剑,预备去和伯爵厮打,但唐彼得把他拉住了。'等一等,爸爸,'他说,'求你先息一息怒……''你这是什么意思,孩子,'老头说道,'你竟然拉住我的手！你一定是认为我气力不够不能报仇了。也好！那就让你自己去洗雪别人给我们家的侮辱吧；我要你回马德里来正为的这个。假如你死了,我就接上去打；一定要让伯爵死在我们的剑下,要不然就让他把我们两人杀死,反正我们的家庭已经让他玷辱了。'

"爸爸,'唐彼得说,'你急着要我做的事我不能做。我不仅不能伤伯爵的性命,我还得保护他。我已经答应了他,我的人格不允许我不这样做。跑吧,伯爵,'他转身向贝尔佛罗说。'啊，懦弱的东西，'唐路易气愤地望了唐彼得一眼打断他说，'你本来应当全力去报仇的，不想你反而不让我报仇。好，我自己的儿子竟和败坏我女儿的贼子连成一气了！但是你休想止住我的怒气；我要把用人们一起喊来，让他们来向他那个背信弃义的东西和你这懦夫报仇。'

"'老爹，'唐彼得接上去说，'你对你的儿子要公道一些，不要把他看成是懦夫，他不应该得到这个可怕的名字。今天晚上伯爵救了我的性命。因此他请我陪他一道来和他的情人幽会，他也不知道我是谁。我是自愿和他一道来的。我没有想到要报恩，竟让自己与别人一伙来做这种玷辱家声的事。但是我有话在前,不能不保护他，这也算是我报答他了；至于对他给我们家的损害，我气愤得也不下于你；今天我急切地保护他的性命，明天你看，我也要以同样急切的心情去取他的性命。'

"伯爵一直没有讲话，这局面的奇特使他愣住了，现在他开始说话：'要用决斗的方式来洗雪耻辱可能是很不妥当的。我想让你们以另外一种方式来恢复你们的荣誉。

我向你们承认，在今天以前我一直没有意思和莱文诺结婚；可是今天早上我接到了她一封信，这信使我大为感动，后来她的眼泪也使我难过；我现在感到迫切地希望做她的丈夫了。''如果皇上已经给你看定了别的姑娘，'唐路易说，'那你如何能推却得了呢？''皇上并没有给我提什么亲，'贝尔佛罗红着脸说，'这是爱情使我失去理智时，胡诌出来的假话，希望你们原谅。我的感情太猛烈，使我犯了这样的罪，向你们承认时我感到很悔恨。'

"'爵爷，'老人接上去说，'你这样说不愧你是一位有伟大胸怀的人，你的诚意我不再怀疑：我看得出你确实有心弥补我家所受的损失。现在请你和我拥抱，让我忘却我的愤怒。'说完他向伯爵走过去，伯爵也迎他走过来；两人拥抱了好几次；之后，贝尔佛罗转身向唐彼得说：'你这位假冒的唐璜，你已经以无比的勇敢和义气赢得了我的尊敬，来吧，来接受我这做哥哥的感情吧。'说这话时他将唐彼得拥抱了一番，唐彼得以柔顺尊敬的态度接受了他的拥抱，说道：'你给我这样珍贵的友情，我也要以同样的感情待你。请相信我至死对你忠诚。'

"在这一段时间，莱文诺一直在她房门口，他们说的话她都一字不落地听到了。开始她曾经想跑出来冲到宝剑中间去，马赛尔把她拦住了；现在这个机灵的女监护，看见一切都已友好地解决，就认为出来没有妨碍了。因此她们两人手上拿着手绢跑了出来，哭着跪在唐路易的面前。她们害怕经过了前夜那件事之后，他会不高兴她们；但他马上把莱文诺扶了起来，说道：'女儿，把眼泪擦掉吧，我不再责骂你了；既然你的爱人愿意遵守他的誓言，我也就同意把过去的事忘掉。'

"'对，唐路易老爷，'伯爵说，'我要和莱文诺结婚；同时，为了更好地弥补我给你们的损害，为了使大家更加满意，也为了证实我向你儿子表示的友情，我愿意把我的妹妹尤琴妮许配给唐彼得。''啊，爵爷，'唐路易激动地叫道，'你给我儿子这种荣誉我真感激！哪个做父亲的有我这样快乐？你给了我很多的苦恼，你现在给我的快乐也是同样的多。'

"伯爵的建议使老头非常高兴，但是彼得却并不愉快。他一心迷恋着那不知名的姑娘，听了这建议，他感到那样烦乱，他连一句话也说不出来了。但贝尔佛罗对他这情况并没有注意，他说他急于要用这紧密的联系把自己和他们连在一起，他马上就去让人筹备这双份喜事。说完他就走了。

"他走了之后，唐路易让莱文诺留在自己房里，他则和唐彼得上楼到他房间里去。唐彼得以学生的那种坦率态度向父亲说道：'老爹，请你让我别和伯爵的妹妹结婚；单是他和莱文诺结婚就够了，这样已经能恢复我们家庭的荣誉了。''什么！孩子，'老头答道，'你难道和伯爵的妹妹结婚还不愿意？''对了，爸爸，'唐彼得答道，'我告诉你，这样一个婚姻对我是一种苦痛，其中的缘由我也不瞒您。六个月以来我一直爱着一位可爱的姑娘，我简直是崇拜她。我心里只有她；只有她能使我一生幸福。'

"'我这做父亲的命真苦！'唐路易说，'孩子们简直从来就不照我的心意做事。不过使你这样倾心的究竟是哪一位姑娘？''这我现在还不知道，'唐彼得答道，'她答应等她对我的审慎和深情感到满意时就告诉我；不过我相信她家是朝中头等的门第。'

"老头改变了口吻厉声地说道:'你相信我会同意你这种荒唐的恋爱吗?我会让你放掉这种千载难逢的宝贵机会,去对一个你连名字都不知道的人忠心?休想我会这样好说话。对这女孩你还是把心死掉,她也许根本不值得你这样爱。伯爵这样抬举你,你应当受抬举。''这些话说了都没用,爸爸,'唐彼得说,'我看我永远也忘不了我这姑娘,什么也不能使我离开她。即使要让我娶一位公主……''住嘴,'唐路易喝道,'你这样傲慢地夸耀你一心爱她,只使我生气。你给我出去,要是不打算听我的话,就永远别再到我跟前来。'

"听了这话唐彼得也不敢回嘴,怕引得父亲骂得更凶。他回到自己房里,想了一整夜的心事;他心里是又高兴又难过:难过的是不答应和伯爵的妹妹结婚就会和全家弄得不和睦;但使他感到安慰的是:他做了这样大的牺牲,他那位姑娘不会不记在心里。他甚至觉得他的忠诚经过了这样好一次考验,她一定少不了要把她的家世透露给他,她的门第他想和尤琴妮的也会不相上下。

"抱着这个希望他天一亮就跑了出去,在布拉托来回逛着，准备时间一到就到唐娜璜纳家里去。这是他每天早上和他情人会面的地方。他不耐烦地等着，最后时间终于到了，他赶忙跑去会他的姑娘。

"在那儿他找到了这位不知名的姑娘，她比平时来得早一些，但是却满面泪痕，看来像怀有深重的忧愁。这光景叫一个情人看来多么难过！他很烦恼地走到她跟前，跪倒在地上说：'小姐，看你这样子我应当怎么想呢？你的眼泪一直刺到我心里，难道是出了什么不幸的事？''你一定没想到我会给你这样一个无情的打击，'她回答道，'残酷的命运要把我们永远分开：我们再也见不着了。'

"她说这话时是那样哽咽哀伤，我也弄不清哪个原因使唐彼得更难过：是她说出的这情况，还是她说这话时表现出的悲痛情绪。'公正的天啦，'他怀着无法控制的愤怒情绪叫道，'你难道就让人拆散我们这个纯洁无瑕的婚姻吗？不过，小姐，'他接着说，'你这怕只是一场虚惊吧。他们当真要把你从一个最忠诚的情人这儿抢走？我难道真是人间最不幸的人？'这姑娘答道：'我们的不幸完全是事实，我的婚姻是由我哥哥做主的，他已决定我今天结婚，这是他亲自告诉我的。''唉！这位幸运的新郎是谁呢？'唐彼得着急地问，'请你把他的名字告诉我，小姐，在我绝望的时候，我想……''他的名字我完全不知道，'这姑娘打断他说，'我的哥哥不肯告诉我，他只跟我说他希望我事前能见一见这位公子。''不过，小姐，'唐彼得说，'你难道就毫不抵抗地顺从你哥哥的意思？难道你就毫无怨言地做出这样残酷的牺牲，任人拖去和别人结婚？啊，天啦，为了你我不怕触怒父亲，不管他怎样威胁，我对你还是忠诚，不管他将来怎样严酷地待我，他给我提的姑娘我还是不肯娶，尽管这姑娘门第很高，我的心还是向着你。而你难道什么也不为我做？''你说的这姑娘是谁？'这不知姓名的姑娘问道。'这姑娘是贝尔佛罗伯爵的妹妹，'这学生答道。'啊！唐彼得，'这姑娘显得极为吃惊地说，'你一定是弄错了；你说的话是真的吗？人家给你提的姑娘真是贝尔佛罗的妹妹尤琴妮吗？'

"'是呀，小姐，'唐彼得答道，'是伯爵亲自给我提的。''嘿，真怪！'她嚷道，'这可能吗，你就是我哥哥要我嫁的那位公子？''你说的什么！'现在轮到他吃惊了，'贝尔佛罗伯爵的妹妹原来就是我的这位不知姓名的姑娘？''对了，唐彼得，'她答道，'可是在现在这一刻我几乎不能相信我就是她了，我简直无法相信我有你给我证实的这种幸运。'

"听了这话，唐彼得紧紧抱住她的双膝；接着他握住了她的一只手，以一个爱人从极忧突然转为极喜时感到的那种热情，把它吻个不停。在他的感情奔放的时候，她对他也百般抚爱，说了许多柔情的话。她说：'要是我哥哥把他给我定亲的人的名字告诉了我，会免掉我多少痛苦啊！对这未婚夫我已经那么厌恶！啊，亲爱的唐彼得，我那时多么恨你！''美丽的尤琴妮，'他答道，'你这种恨对我是多么可爱啊！我愿终身爱你，好不辜负你这种感情。'

"在他们互相尽情地倾诉了彼此的情爱之后，尤琴妮想知道这学生是如何得到她哥哥的友情的。唐彼得也不向她隐瞒他姐姐和伯爵之间的爱情，他把前夜发生的事给她讲了一遍。听说她哥哥要和她情人的姐姐结婚，她又感到一层欢喜。唐娜璜纳对这姑娘的命运是很关心的，看到这情景自然非常高兴，她也向他们两人说出了她心头的欢喜。最后唐彼得和尤琴妮分了手，两人说定在会到伯爵的时候不要让他知道他们是认识的。

"唐彼得回到他父亲家里，老头发现儿子愿意听他的话，心里很高兴，以为这都是昨夜他和他说话时口气坚定的缘故。当他等着伯爵的信息时，他接到了他的一封信，告诉他们皇上已经同意了他和他妹妹的婚姻，还委任了唐路易一个相当高的职务。他说婚礼明天就举行，因为筹备的人非常努力，一切准备业已做好。午饭时他又来亲口把这些话说了一遍，同时把尤琴妮给他们介绍了。

"唐路易对这姑娘自然是非常抚爱，莱文诺也不免拥抱她一番。至于唐彼得，不管心里多么高兴，情感多么激动，他仍然没法控制自己，不让伯爵怀疑他和尤琴妮是认识的。

"贝尔佛罗特别仔细地观察他的妹妹，不管她如何控制自己，他也能看出唐彼得是不会惹她厌恶的。为了弄得更加清楚，他特别和她谈了一会，终于使得她承认这公子是很使她高兴。于是他把这公子的名字出身告诉了她,这是他以前没有告诉她的,因为那时他怕他们门第不相当会使她不愿意嫁他。这些话她都假装仔细地听着,就像她对这些情况一点不知道似的。

"最后,相互推让很久之后,他们决定婚礼在贝尔佛罗府里举行。今天正是举行婚礼的日子,婚宴到现在还没有完毕,因此,你看,这所房子里,人们正在狂欢。但当所有的人都在尽情作乐时,马赛尔太太却没有参加。别人都在笑,而她却在哭泣;因为在婚礼之后,贝尔佛罗伯爵把什么都告诉了唐路易,这老头立刻把这女监护送进了忏罪修道院,在那儿她将靠她帮助勾引莱文诺得到的一千比斯脱在忏悔中度过她的后半生。"

第 六 章

学生唐克列法斯还看到些什么

"把身子转到这边来,"魔鬼接着说,"我们来看另外一些东西吧。把眼睛往下望,在我们正下方第一所房子里你可以看到一个稀有的现象:一个欠债的人在熟睡着。""这一定是一位贵族老爷。"学生说。"你猜对了。"魔鬼答道。

"再看紧接着的那所房子里,一位作家正在他的书房里工作。他的周围全是书,他自己也在写一本书,但这书里没有半点他自己的东西。他在各种书中抄袭,他所做的就是整理抄来的东西,把它们连在一起,但他的得意情绪不下于一位真正的作家。"

"啊,真好玩!"唐克列法斯说,"我看见一个漂亮

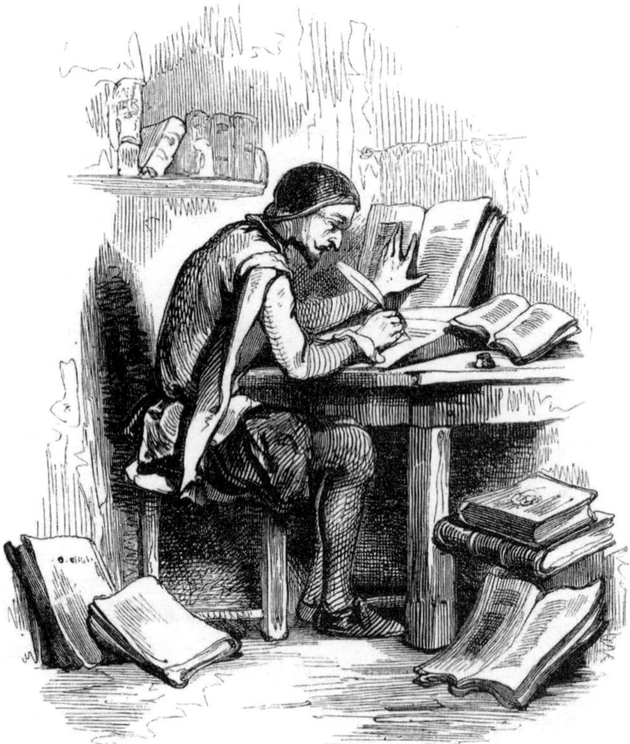

女人站在一位青年人和一位老年人之间，当这位天真的老头儿在拥抱她的时候，她却把一只手从后面伸给这位年轻绅士吻，这人一定是她的情夫。""恰恰相反，"阿斯莫德答道，"这是她丈夫，而另一位是她的情人。这老头是一个有地位的人，他正为这女子在毁灭自己。而这女子和他谈情说爱只是为了金钱，在感情上她还是向着她的丈夫的。"

"这景象真有趣。"唐克列法斯答道。

"隔壁那所房子里的情形也同样值得你注意，"魔鬼又说，"这位年轻寡妇不好意思在她叔父面前穿内衣而跑到一间小房里去，那儿藏着一位情人，她就要他替她穿，你看这位'贞洁'的寡妇可佩不可佩。"

"请允许我给你看一些比较悲惨的情况，"阿斯莫德接着说，"在街那边，有一所单立着的房子，在它的大厅里躺着一个大胖子，这是一位可怜的大神父，刚中了风。他的用人和侄孙女们都不来救他，而是在抢他最好的东西，让他在这儿死去。他们要把东西送到什么地方藏起来，藏好以后他们才有时间来为他哭泣。

"再过去一点,看人们正在埋葬两个死人。这是两兄弟,害的同样的病死的;不过两人对待病的方法各有不同:一个是盲目地相信医生,一个是听天由命不请人医治,结果两人都死了:这一个因为把医生开的药全吃了,那一个因为不肯吃任何药。""这倒是真困难,"唐克列法斯说,"唉!一个人病了该怎么办呢?""这是我无法告诉你的,"魔鬼答道,"有好药我是知道的,至于有没有好医生就难说了。"

"从这儿过去两步,有一个人穿着一件衬衣在马房里走来走去,你看见了吗?""对了,"学生答道,"他手上似乎拿了一把刷子?""不错,"魔鬼答道,"这是一个睡着了的马夫。他有一种习惯:每天夜里睡着以后,他总是在睡梦中起来洗刷他的马。第二天早上看见马都洗刷得干干净净了就感到很奇怪。大家都以为这是鬼干的事,这马夫也跟着别人这样相信。"

"那两个预备上床睡觉的女人是谁?"唐克列法斯问。"这是两位风骚的姐妹,她们在一起住。今天从早上七点钟起到现在她们一直在谈她们想买的衣服和家具;她们谈得那样起劲，以致她们为了怕把话头打断，今天连去会爱人都不愿意。

"看看她们的邻居，这位刚回家来的是一个喜欢说东说西的女人。她刚从一位老女相知那儿吃了晚餐回来，她的谈话的确使这位女相知十分高兴。""她身材长得真不错，"学生说，"她的风度挺好哩！"

"哼！"阿斯莫德接上去说，"这位娇小的美人简直可以把上一世纪的事情讲给你听啦，说起来仿佛都是她亲眼看到的事。她那使你赞赏不已的身体只是好些匠人精心制成的一部机器。她的前胸和臀部都是人工制造出来的，不久以前她去听讲道的时候，她的人工屁股还掉下来过一次哩。"

"在离这里不远的一家酒店里，"阿斯莫德接着说，"我看到两个戏子和一个作家。"

"这两个戏子一定是请作家吃饭，以便约他为戏院工作。"学生说。"不，"魔鬼说，"是作家请戏子吃饭，他给了他们好些酒喝，为的是他马上要送一个很坏的剧本请他们的班子上演，想请他们替他的剧本说几句好话。"

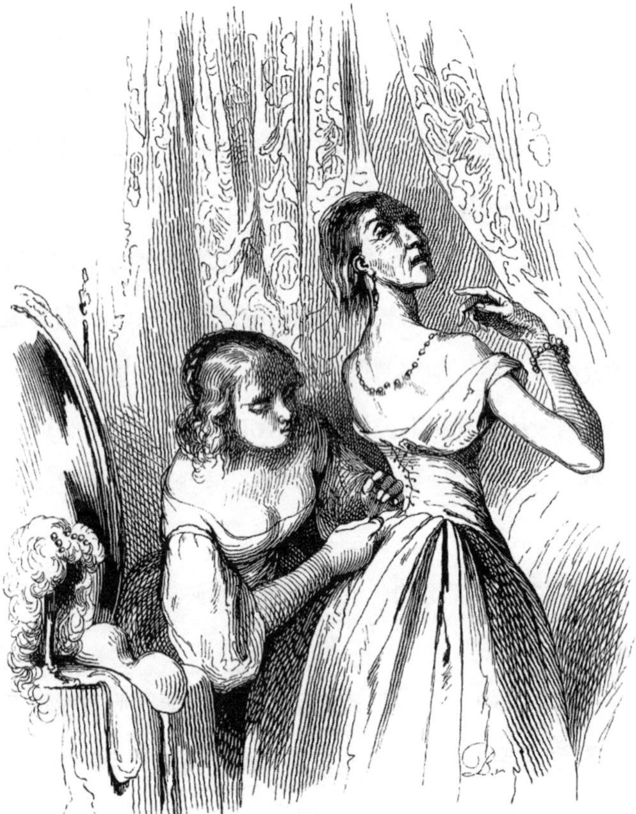

"我听见一阵可怕的声音,"学生说,"我禁不住要问你这是怎么回事。"魔鬼答道:"你听到的是一个滑稽的音乐会;有一位六十岁的老寡妇今早和她一个年纪不到二十的用人结了婚,这一带所有爱笑闹的人都聚集在这里,敲锅打盆子,来了一个滑稽音乐会,来庆祝这件滑稽喜事。""你跟我说过,"唐克列法斯说,"所有的滑稽姻缘都是你造成的,可是这件婚姻你并没有参与。""的确没有参与,"魔鬼答道,"而且即使我那时是自由的,我也不会管这种事体。这个女人为人谨慎,她和这年轻人结婚只是为了享受她喜爱的那种乐趣。这类婚事我是不成全的,我更喜欢的是使人烦恼而不是使人安乐。"

"尽管这音乐会声音很嘈杂,"唐克列法斯说,"我似乎还能听到另外一种声音。""对的,"魔鬼说,"这声音是从一个咖啡店里传出来的,有五位聪明人在这里已经争论了五个钟头,酒店主人赶他们都赶不走。他们在谈论今天首次上演的一出戏,这戏演出时得到了一些嘘声和倒彩声。他们有的认为这是好戏,另外几个坚持说这戏很坏。一会儿他们就要动武了,这类的争论一般都是这样结束的。假如你想看看,我可以带你……""不,不,"学生打断他说,"我还情愿你告诉我那个穿衬衫坐在大扶手椅里的人在想什么。""这是印度事务委员会的老官吏,"阿斯莫德答道,"他在考虑一项重要的计划。他有四百万的家财,因为敛集这笔钱的手段使他良心不太安,他就想修建一所寺院;他自以为完成这样一件功德之后他的心就会安了。他已获得批准修建一所修道院;但他希望在那里修行的全是品德出众性格淡泊又极端谦逊的人,在选择这样的人方面他颇感困难。

"再远一些,有一个印刷厂的老板在他印刷厂里工作,你看见没有?"魔鬼接着说,"他把学徒们都打发走了,打算今夜在这里偷偷印一本书。""唷!这是一本什么书呀?"唐克列法斯问。"这是一本讨论受辱骂后怎么办的书,"阿斯莫德答道,"它认为发扬基督教精神比保护荣誉更重要,受了侮辱最后应当是原谅而不是报复。""哼,浑蛋!"学生叫道,"这样一本无耻的书幸亏他是偷偷地印。我也不赞成作者让人知道自己是谁:否则我会是第一个攻击他的人。难道基督教禁止人保全自己的荣誉?"

"我们现在别仔细谈这问题吧。"魔鬼笑着打断他说。

"不管你怎样说,"唐克列法斯接着说,"任凭这作者说得天花乱坠,我也只会发笑;在我看来什么也不及报复使人快活。你答应过报复我那情妇,给我出气,我现在要求你履行你的诺言。"

"我高兴顺从你这种激动情绪,"魔鬼说,"这种无拘无束随冲动行事的好性格我真喜欢!我马上就满足你的要求:你报仇的时候就要到了。"

唐克列法斯立刻抓住阿斯莫德的披风下端;由魔鬼第二次带着穿过天空;他们在唐娜托玛莎的房子上面停了下来。

第 七 章

唐克列法斯如何报复他的情妇

这个女人正和在屋顶上追赶他的四个汉子一起，在桌边坐着吃火鸡喝酒；这火鸡和酒都是唐克列法斯花钱买了让人送来的，因此，他看了这光景，不由得心头火起，说道："好！这些土匪，他们倒花我的钱开心了！真正气死我啦！"

"我同意这是不好受的，"魔鬼说，"但是一个人如果常找这种风骚女人，就得准备碰到这类的事情：在法国这种事是经常发生的，教士、律师、银行家都会碰到这种事。""假如我有一把剑，"唐克列法斯说，"我要冲到他们中间去，让他们高兴不成……""你和他们力量差得很远，"阿斯莫德打断他说，"还是把报仇的事交给我吧；

我会比你自己完成得更好。我要设法引起这些男人的情欲,让他们互相争斗。"

说完这话他一吹气,口里吐出一股紫罗兰色的雾,像一小朵云彩,降落下去,在唐娜托玛莎的桌上散开。不久,一个客人受了雾气的影响,走到那女人跟前,去热情地拥抱她;接着,另外那些人,在同一气体的影响下,都想把她从他那儿抢过来。他们每人都想得到她的欢心,立刻争吵起来;一股强烈的醋意抓住他们的心,使他们不惜动武。他们抽出宝剑,开始了一场恶斗;这时唐娜托玛莎死命叫喊,所有的邻居都喧闹起来;有人忙去报官,等警官到来,把这妓女的门打破进去后,发现争斗的人已经有两个躺在地下。警官把另外两个抓住,连同唐娜托玛莎一起送进了监牢。这可怜的女人哭号,抓头发,悲恸都没有用,带她去监狱的人们一点也不感动,唐克列法斯也是这样,他和阿斯莫德一道大声笑个不止。

"好了!"魔鬼对他说,"你满意了吧?""不,还不满意,"学生答道,"要使我完全满意你得带我到监狱上面去。我要亲眼看这没有信义的女人给关进监狱才高兴。

现在我对她的恨要比我以前对她的爱深得多。"魔鬼答道:"我愿意照你的话做;你会发现我永远都是愿意满足你的要求的。"

第 八 章
囚　犯

不一会魔鬼和学生就站在监狱的屋顶上了。他们看见人们把两个好斗的人带来关进地牢，而唐娜托玛莎，则和另外三四个坏女人一道，被人放在稻草堆上。这几个女人是同一天被捕的，第二天她们将被人送到收容这类女人的地方去。

"我现在很满意，"唐克列法斯说，"我尝到了彻底报复的味道。你高兴的话我们可以到别处继续观察这城里发生的事情。""别忙，"魔鬼答道，"先应当让我指几个犯人给你看，告诉你为什么他们会关在这里。

"首先，看右边这个大房间，在你看见的三张破床上，睡着三个人。其中一个是一位酒店老板，人家控告他毒死了人。有一天有个人在他店里喝酒，忽然死掉，人们说是酒有毒使他死掉的，而这位老板则坚持说这是他酒喝得太多的缘故。论理他的话也是可信的，因为这喝酒的是个德国人。

"第二个是一个普通市民，曾经给一位学士作保，让他借了二百比斯脱，来和一个女用人匆匆地结了婚，结果受了牵累被人关进监牢。第三个是一位舞蹈师，因为他使他的一位女学生失身于他。在隔壁那间小房里玩纸牌的两个人是有钱人家的子弟，因为干风流事而被捕的。比较年轻的那个乔装成女孩子混在女修道院里，后来给人发觉了。另外那个认识一个女人，昨夜正当他趁她丈夫不在家从阳台上爬到她房里去时，给巡官撞着了。他若承认他是去干风流勾当的也就没有事了，但他宁愿不顾性命，说自己是强盗，而不愿让他情妇的声名受到影响。"

"这倒是一个用心周到的风流人物，"唐克列法斯说，"应当承认，我们的民族之所以比别的民族优越，就在于有这种风流韵事。拿一个法国人来说，我可以打赌，绝不会像我们一样，因为要替女人考虑就甘愿让人处死。"

"当然不会，我可以向你保证，"魔鬼说，"一个法国人甚至还可能故意爬上别人的阳台，来败坏一个女人的名誉呢。"

"请你再看看这两个犯人的正下方吧，"阿斯莫德接着说，"看地牢里的那个人。昨天他们把他抓进来了，后来宗教裁判所又说他没有罪。他的事情是这样的。他是一个老兵，靠着勇敢或者说靠着耐心，在队伍里爬到了一个军曹的位置。他来到这个城招募新兵，到一家客店去找住房；人家告诉他空房倒是多，但是不能给他住，因为夜夜都有鬼到这里来，谁敢在这里睡就要受鬼折磨。这话一点也不使这军曹扫兴，他说道：'随便你们把我放在哪个房间里；给我一盏灯，一壶酒，再给我准备好烟斗和烟丝，至于鬼，你们就放心好了。'

"他们把他领到一间房里，他要的东西都给了他。他开始喝酒抽烟，到半夜以后，屋里还是静悄悄的，没有什么鬼出来。但是在一两点之间的时候，军曹听到了一阵阵可怕的声音，好像是铁链在响，一会儿他看见一个穿黑衣套着铁链的鬼走进了他的房间。这鬼影一点也不使他害怕,他抽出剑向鬼走去,用剑板狠狠地把鬼的头敲了一下。

"这鬼从来没有碰到过这样的住客,禁不住叫了一声;看见这军人又要动手,他忙扑倒在他脚前,苦苦哀求道:'军曹老爷,请你住手:可怜可怜跪在你脚前的鬼。看在圣雅克面上,我求你放过我。'

"'你如果想保全性命,'这军爷答道,'你就应当告诉我你是谁,你要不加隐瞒什么都告诉我。'这鬼答道:'我是这家饭店的茶房头,我爱上了老板的女儿,她也很喜欢我;可是她的父母有心给她找一个地位更高的人。为了逼他们招我做女婿,这姑娘和我就商议定我每夜装我现在装的这个东西;我罩上一件长长的黑斗篷,在颈子上绕一条烤炉上的链条,满屋乱跑,从地窖到顶楼,弄出你听到的那种种声音。在我从老板和老板娘房门口过时,就停下来嚷:要是不让于安娜和你们的茶房头季约姆结婚,就别想我让你们安宁。

"'等我用粗哑的声音说了这话之后,我就继续去闹,最后我从窗子里爬进于安娜睡觉的房间,把我干的事讲给她听。军曹老爷,'季约姆接着说,'你看得出来我什么都没有瞒你,尽管我知道我这样承认之后,如果你把这些告诉我的老板,那我就完了。老爷,如果你不想毁我而愿帮我的忙,我发誓我会感激你,会……'唉!我能帮你什么忙呢!'那军爷问道。季约姆说:'你只要明天向他们说你见到了鬼,你是那样害怕……''什么,妈的,我害怕!'那军爷打断他说,'你要安东纽·盖布朗达多军爷承认他害怕!''你爱怎么说就怎么说好了,'这年轻人答道,'这都没有关系,反正你是赞成我的计划的;等我和于安娜结了婚我能成家立业了,我一定报答你,天天招待你和你所有的朋友,不要你们花钱。''你是个勾引女人的人,季约姆先生,'那军爷说道,'你要我支持你的诡计,这事情是严重的;不过你说的这些好处把我迷住了。去吧,继续去闹,去向于安娜报告情况吧,别的就让我去管吧。'

"第二天早上他果然向饭店老板和老板娘说:'我见到那鬼了,和他谈了谈;他是一个很忠厚的人,他向我说:我是饭店老板的曾祖父。我有一个女儿,原先许配给现在一个茶房的曾祖父,后来我不顾信誉又把她嫁给了别人。我不久就死了;从这时候起我就开始受到折磨。我背弃了誓言,使我苦痛了这么多年,除非我的后人能把一个姑娘嫁到季约姆家里,我是不得安宁的。因此我每夜到这屋子里来,我要他们让于安娜和季约姆结婚,但这些话都是白费,我的曾孙儿和曾孙媳妇都不肯听;你跟他们讲,如果他们不赶快照我的意思做,我就不客气了。我就要他们俩受一种奇怪的折磨。'

"饭店老板是一个相当单纯的人,这话使他颇为不安;那老板娘比他更加胆小,简直觉得鬼就在背后,她死命求她丈夫答应这件婚事,最后他同意了她的恳求。第二天季约姆和于安娜结了婚,他们不久在这座城的另一个区开了一家酒店。盖布朗达多军曹少不得常到季约姆那里去,季约姆这方面,为了感谢他也就什么都依从他的意思。这军曹是那样得意,他不仅把他所有的朋友都带了去,他还让他招募的新兵到那儿,在那儿放怀饮酒。

"最后季约姆不愿意再供养这些酒坛子,就把自己的想法和军曹讲了。这军曹也不想一下自己的确做得过分,

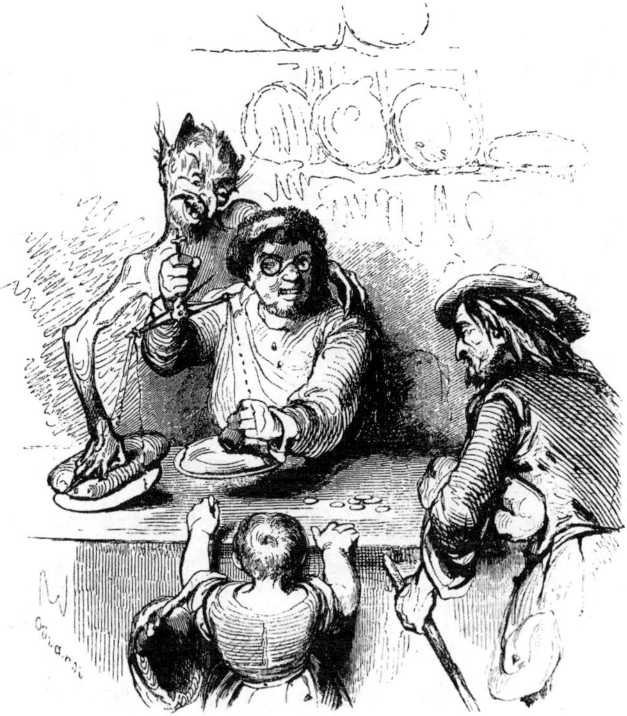

竟把季约姆当作了不义的小人。两人你一言我一语争了起来，最后季约姆挨了几剑板。几个过路的人上来想帮饭店老板，有三四个人也被军曹打伤。这时恰好有一批巡查官经过，一拥而上，将他捉住，把他作为破坏公共治安的人送进了监狱。他把我刚才给你讲的情况都说了出来，听了这话，法官把季约姆也拘了起来。他的丈人要求把这婚姻作废，而圣教裁判所听说这事之后却想承认这门婚姻。

"在隔壁的地牢里，"魔鬼继续说，"有四个不幸的人，他们马上就要丢掉性命了。有一个是个年轻的随从，他主人的太太对他特别好，当作情人看待。有一天她的丈夫正好碰上他们两人在一起。这女人立刻喊救，说是这用人对她强施无礼。这样，这可怜的小伙子就给抓起来了。为了成全他情人的名誉，他将给牺牲掉。

"第二个人是个外科医生，据说他曾经割破他太太的血管，置她于死地，像当年塞内加[①]做的那样。今天他

---

① 塞内加是罗马时代的哲学家，是自己割破血管而死的。

受了审，在承认了别人指控的罪行之后，他还说十年以来他用了一种相当新颖的办法来执行医生的业务。他晚上用刺刀把行人戳伤，自己从后面一个小门溜回屋里，这时行人的喊叫会引得街坊们去援救，这时他也和别人一道跑去；看见这人倒卧在血泊里，他就让人把他抬到自己院中去，在那儿他用原来刺伤他的手又去给他敷扎伤处。

"第三个是一个职业杀人犯，这种人为了四五个比斯脱，可以替任何想暗中干掉人的人出力报效。第四个人是一位侯爵的骑术师；侯爵丢了一千杜加，有人指称是这骑术师偷的。他明天要受审讯，将受到严刑拷打直到承认这钱是他偷的为止。其实这事不是他干的，是这位侯爵非常信任的一位老妈子干的，只是没有人敢怀疑她罢了。"

"真是！"唐克列法斯说，"阿斯莫德先生，我求你帮帮这可怜的骑术师的忙吧：用你的魔力使他免受那残酷的刑罚吧；他是清白无辜的，应当……""别这样想，学士先生，"魔鬼打断他说，"你能要我反对一件不公平的事拯救一个无辜的人？这简直等于要求一个财产代理人别毁掉孤儿寡母。

"唉，"他接着说，"我不以坏心眼待你阁下，你也就应当感到满足，至于别人，请你容许我任意恨他们害他们吧。而且，就说我愿意解救那无辜的人，我办得到吗？""怎么，"学生说，"你没有力量把一个人从监牢里救出来？""当然不行，"阿斯莫德答道，"你要是读过阿尔贝修士①的随笔，你就会知道我没有能力使犯人恢复自由，我的弟兄们也不行。甚至我自己，如果陷入法网，我也是无法出狱，除非靠贿赂一个办法。""在这土牢上面的小房间里，"唐克列法斯说，"我似乎看到一个女人。""对的，"阿斯莫德答道，"这是一个有名的女巫，据说能做不可思议的事。人说靠了她的法术，老寡妇可以找到年轻的骑士真心相爱，丈夫能对太太忠实，风骚女人能真正爱那些迷恋她们的有钱老爷。其实这都是再假不过的假话。她并无半点

---

① 阿尔贝修士（Alber tle Grand, 1193—1280）是中世纪哲学家。

本领，唯一的本领就是使人相信她有本领，并靠这种迷信舒舒服服过日子。

"再过去一个房间，看那两个犯人还没有睡觉，还在谈话。他们两人睡不着，他们的事情使他们不安。老实说，他们的案情也并不严重。一个是珠宝商，被控窝藏偷盗来的宝石。另一个是犯重婚罪的。六个月前他为了金钱和华伦斯王国里的一位老寡妇结了婚。不久他顺从感情和马德里一个年轻女人结了婚，他把他从老寡妇那里得来的钱财都给了她。他两次结婚的事给人知道了，两个妻子都在法院告了他。他因爱情而娶的那个妻子，现在是为金钱的关系要求法院处他的死刑，可是他为金钱而娶的那个妻子，却为了他的变心而控告他。

"再跟我看那个低矮的厅子，里面有三四十个犯人在稻草上睡：这些都是扒手和其他各种各样坏职业的人。我来跟你解释为什么他们……""唉，不必了，请你别讲了，"唐克列法斯打断他说，"别谈这些坏蛋的事了。我对这些流氓的事没有兴趣听。甚至我还希望离开这使人不愉快的地方；我们可以到别处去看一些更使人高兴的东西。"

"我很赞成,"魔鬼答道,"而且还有好些东西我要让你看哩。"

第 九 章

几段小故事

他们离开那些犯人,向疯人院飞去。但在到达那里之前,阿斯莫德在一所大房子上停了下来,向唐克列法斯说道:"你看到的这些人今天做了些什么,你要不要我告诉你?""当然愿意,"学生答道,"请你从这两个大声发笑的女人讲起吧;她们看起来挺高兴的。""这是两姊妹,"魔鬼答道,"她们今天早上刚把父亲埋葬掉。她们的父亲是一个性情古怪的人,他对结婚是那样厌恶,不管有什么好机会,他都不肯让她们出嫁。这两位姊妹刚才正谈论着他这种性格。姐姐说:'他是一个反常的父亲,只顾自己高兴,忍心看我们一辈子不出嫁。但最后他总算死掉了;现在我们爱怎么样就怎么样,他可管不了啦。'

"'说到选人的问题,姐姐,'妹妹说,'我是讲求实际的,我愿意嫁一个有钱的人,唐布尔法洛就是我要的这种人。'姐姐说:'慢一点,妹妹,选丈夫不能这么急;我们要嫁谁都是天上注定的,在天上已经有簿子写好谁和谁成亲。'妹妹应道:'糟糕,姐姐,我真害怕爸爸连天上的这本姻缘簿子也要撕掉了!'她这样的诙谐,弄得大姐禁不住也笑了起来,她们两人现在还在尽情地笑哩。"

"啊!"唐克列法斯说,"在正对面那座房子里,我看到一个年轻女人,在对着镜子看。""这是一位住公寓的姑娘,"魔鬼答道,"她在为自己的容貌得意,靠了这副脸蛋她今天已取得了一项重要的胜利;她现在正研究新的送秋波的办法,已经发现两种媚态,明天将在她的新情人身上一试,预计将大起作用。为了得到这个人,她将不惜花费气力,因为这里面好处很大。刚才她已对一个来要钱的债主说了:'朋友,稍缓几天再来,我就要和一位出纳官要好了。'

"再看这个正在穿靴子的军官,"魔鬼接着说,"他就要离开马德里了。他的马在门口等他;他要动身到葡萄牙去，因为他的部队在那里。

"因为要上前线没有钱，昨天他去找一个放高利贷的人，说：'你能不能借我一千巴特贡①？'那放高利贷的人满面堆笑地答道：'军官老爷，我没有钱，不过我可以设法替你找个人，他可以借给你；他将给你四百巴特贡，而你给他开一张一千的借据；在这四百中还请让我提六十作佣金。现今现钱很缺！……'军官不高兴地打断他说：'好高的利钱！还得为三百四十巴特贡付六十巴特贡的佣金！简直是讹诈！'

"'别发脾气，军官老爷，'这放高利贷的冷冷地说道，'你到别处看看好了。有什么值得抱怨的？难道是逼你接受这三百四十巴特贡吗？要不要都听你自己的便。'军官听了这话也没有什么可说，就走掉了。可是他就得动身了，时间很紧迫，没这笔钱又不行，他想了好久，第二天早上又回到放高利贷的人那儿去。他在这人的门口碰见了他，他穿着一件黑色的罩袍，颈边绕着围脖，留着短发，头上

---

① 古西班牙币制，约值三法郎。

没戴帽子，手上拿着一串念珠。军官对他说：'桑贵雪拉先生，我又转来了，我愿意接受那三百四十巴特贡，我用款很急，也只好这样。'这放高利贷的庄严地说道：'我现在去做弥撒，等我回来时你再来，我将如数付给你。''嘿，不行，不行，'军官答道，'请进去一下，这不过花你几分钟，一会你就把我打发掉了；我时间紧迫得很。'

"放高利贷的说：'我不能转去，每天听弥撒之前我是什么事都不办的，这是我的规矩；我自己订的规矩，终身都得小心遵守。'

"不管这军官多么急于取钱，这虔诚的桑贵雪拉的规矩，却坏不得，他只好耐心等待。为了怕失掉这笔钱，他跟随着放高利贷的人到教堂去，和他一道去听弥撒。弥撒完了之后，他马上准备出来，但这桑贵雪拉在他耳边说道：'一位马德里最高明的讲道师要在这里讲道，这机会我不能错过。'

"这军官听了半天弥撒已经够烦腻，听说还要等，简直急死了，但他没办法，还得在教堂里等。一会，讲道师来了，讲的是放高利贷如何坏。听了这些话，军官很开心,他看看桑贵雪拉的脸,心中暗想:'要是这犹太能受感动就好了!只要他能给我六百巴特贡也就不错。'最后道讲完了,放高利贷的走了出来。军官跟上来,对他说道:'喂,桑贵雪拉先生,这位讲道的你觉得怎样?你不觉得他讲得非常动人吗?我简直感动极了。''我和你的看法一样,'放高利贷的说,'他把材料处理得很好;他是一个聪明人,他干这一行干得不错;走吧,咱们干咱们的去。'

"在这军官住所的上方有所大楼房,"魔鬼接着说,"里面一张床上铺着红缎子银线绣花褥子,上面睡着个年轻妇人,你看到没有?""看到了,"唐克列法斯答道,"我看到一位美人在那儿睡得正香,她床头似乎还搁着一本书哩。""对极了,"阿斯莫德答道,"这是一位聪明绝顶的侯爵夫人,性情很诙谐。三星期以来她都睡不着觉,因此感到很疲乏;今天,她听人劝告派人去请一位医生。医生来了,给她诊断;开了一张药方,说这是希波克莱德医书中的单子;这位太太马上拿他的药方开玩笑。这医生是个性子很倔强的人,不欢喜人开这种玩笑,沉下脸来说:'太太,希波克莱德不是可以随便取笑的。'这位侯爵夫人极力装出一副正经面孔答道：'加盖托先生，我要是嘲笑这样有名、这样博学的一位作家，天也不答应。我是那样尊重他，我相信只要我看他几篇文章我的失眠症就会好了。我书房里有他作品的一个新译本，是个最好的译本；谁给我把这书拿来。'真的，这位侯爵夫人看到第三页就睡着了。"

"请你告诉我，"学生说，"那个叉着手在小房里走来走去的瘦高个子，今天碰到什么事？我看他准有什么心事。""你看得不错，"魔鬼答道，"这是一位剧作家，因为懂得法文，不惜费力把法国名剧作家莫里哀的一部优秀喜剧《悭吝人》翻译了过来。这剧本今天在马德里剧场里上演，很不受欢迎。西班牙人觉得这剧平淡无味使人厌烦。我们前一会听见咖啡店有人争吵，就是在谈论这个剧本。"

"为什么这喜剧在西班牙命运这样可怜？"唐克列法斯问。魔鬼答道："这是因为西班牙人只喜欢情节剧[①]的缘故。他们单喜欢情节剧，正如同法国人单喜欢性格剧

---

① "情节剧"讲究故事情节的发展和布局，"性格剧"注意刻画人物的性格，是两种不同风格的剧。

一样。""这样看起来,"学生问,"假如在法国有人把我们最好的剧本译成法文,那也是不会成功的。""当然,"魔鬼说,"不久以前法国就有一位作家有过这样一种惨痛经验。西班牙人是可以聚精会神地看情节离奇的剧本,他们看得很起劲,无论如何复杂的情节他们看起来都没有困难。法国人却相反,不喜欢太紧张,他们愿意心情轻松,看到人被讽刺他们挺高兴,因为这投合他们诙谐的性情。总之,各个民族的爱好是不同的。"唐克列法斯问:"不过究竟哪种喜剧好一些呢?是情节剧,还是性格剧?"魔鬼答道:"这事很难说,在这种问题上既不能相信西班牙人,也不能相信法国人,因为他们都是当事人,无法做正确的判断。在这上面我也不应做什么判断,既然我是管娱乐事务的魔鬼,哪种戏剧我都应当同样保护。

"离这作家住处不远,"他接着说,"我看到一位银行家,他家里刚才发生一件事,值得跟你讲一讲。他从秘鲁发了财回来还不到两个月,就在本城开了一家银行。他的父亲是离这里十二里远一个小村子里的皮鞋匠,这人的老婆和他一样年纪,也是六十岁,老两口在一起住,感到日子过得挺惬意。

"好久以前,他们的儿子为了寻找一条更好的出路离家到西印度去了;他们不见他已经有二十年。这些年中他们常常讲到他,天天为他求天保佑。这里的神父是他们的朋友,他们每星期天做弥撒时都请他为儿子祷告。这位银行家,在他这边也完全没有把他们俩老忘掉。他一把事务料理清楚,就决定亲自去探听他们的情况。为了这个目的,两星期前他给用人们交代一下之后,就不带跟随,一个人骑马到村子里来。

"他敲门的时候已经是夜里十点,这位善良的鞋匠和老婆子睡得正熟。他们惊醒后忙问是谁敲门。'开门,'这银行家说,'我是你们的儿子佛兰西罗。''骗鬼去吧!'老头答道,'快赶你们的路,强盗们,这儿没你们的好处;佛兰西罗现在在印度群岛,如果还没死的话。'银行家答道:'你们的儿子不在印度群岛,他已经从秘鲁回来了;就是他在跟你们说话,别不让他进来。''起来吧,雅克,'老婆子说,'老天保佑,我相信这是佛兰西罗,我好像听得出这是他的声音。'

"一会儿两人起来了;父亲点燃蜡烛,母亲匆忙穿好衣服跑去开门;她和佛兰西罗面对面一望,看清他的确是她的儿子;她一把搂住他的脖子,把他紧紧抱住。雅克老头也和他妻子一样激动,也拥抱了佛兰西罗一阵。久别重逢,这三人不知如何表示自己的高兴才好。

"在这样一阵狂喜之后,银行家把马的缰绳解掉,把它牵到牛棚去和一匹乳牛放在一起;接着他就向他的父母讲他在外国的情况,说他从秘鲁带回了些什么财物。这些他都讲得稍微啰唆了些,一个不相干的人听起来会感到烦腻的,但是做父母的听儿子讲述他的遭遇,是再也不会烦腻的;他们贪馋地倾听着,再小的事,不管可喜的还是可悲的,都在他们脑中留下了深刻的印象。

"讲完这些之后,他说他要把他的财富拿一部分给他们用,要求他父亲别再干活。'不,孩子,'雅克老头说,'我喜欢我这行手艺,我不能不干。'银行家答道:'为什么呢?难道这不是你养老的时候了吗?我也不要求你到马德里来和我一起住,我知道城市里的生活你是不喜欢的,我不愿扰乱你宁静的生活;但至少这种辛苦活也该

不干了吧,你又有钱,可以在这里舒舒服服过日子。'

"老妈妈是同意儿子的想法的,雅克最后让步了,说:'好吧,佛兰西罗,为了遂你的心,我不再在外边给人干活好了,我只给我的老朋友神父和我自己修理鞋子。'银行家赶了一天的路也累了,这样取得同意之后,他就到他父母床上去睡觉。他睡在两位老人中间,那香甜劲儿只有天性最好的孩子才能体会。

"第二天早上,银行家给他们留下三百杜加,回到马德里。可是昨天晚上忽然吃惊地看见雅克老头到他住处来了。'爸爸,你怎么高兴到这儿来的?'他问道。这忠厚老头说:'佛兰西罗,我给你把钱带回来了,我还是愿意靠我的手艺过活:我最近没干活简直闷得要死。'银行家答道:'好吧,爸爸,你回村子去,还是去干那行手艺吧;可是这只能当作是一种消遣。你把钱还是带回去,我的钱你应当要。'雅克老头说:'咳,这么多钱你教我拿来干什么?'佛兰西罗答道:'拿来接济穷人好了,可以和神父商量一下,他说怎么用就怎么用。'这回答使鞋匠很满意,他已经在今天早上回到村子里去了。"

"我看到一位绅士,"唐克列法斯说,"他今天做了什么我看是不必问的了:他一定是写了一天的信。看他桌上是那么多封信!"魔鬼答道:"是呀,更有趣的是:这些信里写的都是一样的东西。这位绅士把他今天下午碰到的一件事写给了他所有不在此地的朋友。他前不久爱上一个三十岁的寡妇,这女人长得不错,为人也似乎很贤惠;他给她献殷勤,她并不嫌弃;他向她求婚,她也答应了。今天,正在筹办这件喜事时,他抽个空去看看她。因为碰巧没有人给他通报,他就一直走到那女人的房里去,在那里他看见她赤条条地在床上娇媚地酣睡着。他悄悄走上前去,想利用一下这个机会;当他偷偷吻了她一下时,只听见她半睡半醒地叹口气叫道:'又来了,唉,求你让我休息一下,安布洛斯!'这绅士是很知趣的,马上拿定了主意。他走出房来,在门口碰到了安布洛斯,他说道:'安布洛斯,别进去;太太求你让她休息一下。'"

"我再请你看一个地方,"魔鬼继续说,"从这位绅士住的房子过去第三家,就是我讲贝尔佛罗伯爵的故事时提到的那个希雪娜的住处。""啊!能看到她我真高兴,"

学生叫道,"那间矮矮的大厅里有两个老婆子,其中一个想必就是那位为年轻人服务的好人了。她们中间有一个膀子倚在桌上,聚精会神地望着另外那一个,而那一个则在数钱。究竟哪一个是希雪娜?"魔鬼答道:"数钱的那个是希雪娜,另外那个名叫贝布拉塔,也是干这一行的;她们合作经营,今天刚结束一件买卖,现在在分赚项。

"这个贝布拉塔主顾较多;有好几个有钱寡妇都要她帮忙,每天她都把她的单子拿给她们看。""什么单子?"唐克列法斯打断他说。"是马德里所有漂亮外国人特别是法国人的名单。每当贝布拉塔打听到有新来的人时,她就跑到她们的寓所去,告诉她们来的人是哪国人,怎样的出身,什么样身材,还有他们的风度和脾气怎样;等她把情况报告清楚了,她们就考虑一下,如果同意,这贝布拉塔就叫这些外国人和她们见面。"

"这倒真方便,"唐克列法斯说,"而且在某个意义上说也公平合理;因为要是没有这些好女人和这些拉纤的,年轻的外国人在这里人地生疏,不知要花多少时间来找女人。不过,请你告诉我,在别的国家是不是也有寡妇?"

"真妙！竟然问别国有没有寡妇！"魔鬼答道，"寡妇哪儿都有，特别是在法国；不过在那儿你得有著名的成就才找得到人；说起这，我要告诉你，几天以前在巴黎有一位拆白党和他的朋友谈起这事，他说：'唉，亲爱的，我是真倒霉！我想找一个倒贴的女人找了整整两个礼拜。我每天早上跑教堂，下午在杜侬勒丽公园把所有的美人都盯视一番。我到歌剧院一带去游逛，我故意穿得吊儿郎当地进喜剧院去：我一时在戏院里的板凳上躺着，一时在戏子们背后站着，可是这一切全都没有用。我连一个六十岁的老风流妇人都找不着，但巴黎最年轻可爱的女人却全都拜倒在迪雷玛侬骑士脚下；其实，不是我自夸，论年纪论人样他都不及我。''啊，别自哄自了，'他的朋友打断他说，'这位迪雷玛侬骑士是个有名的风流人物。他毁过两个女人，有过不少出名的艳事，他在社会上有着头等的声誉。'"

"我现在听到的是什么？"学生嚷道，"空中这一阵乱杂的声音是怎么回事？"魔鬼答道："这是一些疯子在死命地唱着嚷着。关他们的地方离这里不远。"唐克列法斯忙说:"嘿!求你带我去看看他们,并且告诉我他们是怎样疯的。"魔鬼答道:"好吧,我让你去开开心。疯子有悲惨的,有高兴的,各种各样的你都会看到。"他还没说完就带着那学生飞到了疯人院的上头。

第 十 章

被关起来的疯人们

唐克列法斯好奇地把所有的小房间望了一望,他看见那些疯人之后,魔鬼就向他说道:"我们来把这些人,一个一个地先后考察一下,我们顺着这房子排列秩序看过去,先看男人。我给你讲一讲他们怎么不幸变得神经错乱的。

"在第一间小房里是卡斯迪的一位关心时事的人,他是在日报上读到五十个葡萄牙人打败了三十个西班牙人的消息,难过得立刻变成疯子的。

"他隔壁的那一位是一个学士,十年来在朝中奴颜婢膝地奉承,实指望有个升发的机会,却不料一直遭人冷淡,慢慢头脑就不清楚了。

"再过去一个是个未成年的孩子,他的监护人为了篡夺他的家财硬说他是疯子;这可怜的孩子关进来之后忧伤得真的疯了。他后面那个是一位小学教员,因为查一个希腊文动词的未来时的变格,神经错乱了。

"再过去你看到的那人是一个老军官,名叫查吕毕欧,他是那不列斯的一位骑士,后来在马德里落户了。他是因妒忌而疯癫的,他的故事让我慢慢讲给你听。

"他有个名叫娥柔娜的年轻太太。他老是守着她,什么男人都不准到他家里去。娥柔娜除了做弥撒外,从不出门,而且就是去做弥撒也总有她这位老提托①跟着,这老头有一片庄园在阿堪达拉附近,他有时也带她到那儿去住。有一次,一位名叫唐加西·巴锡果的公子偶然在教堂中遇见了她,对她产生了强烈的感情。他是个有胆量的人,是一个值得婚姻不称心的漂亮女人垂青的青年。

"他知道查吕毕欧的家不容易进去,但他却并不灰心。

---

① 即提托诺斯,是希腊传说中的人物,年轻时很美,仙女厄俄斯爱上了他,求得天神恩准,让他长生不死,但很快他就老了,终年跟着黎明女神厄俄斯,反而成了累赘。

有一天他从可靠方面打听到这军官和他老婆不久就要到庄园上去住。他就仗着自己没有胡子，长得又清秀，假扮成少女模样，带了一百比斯脱，动身到查吕毕欧的庄园上去。他走到管园子的女人面前，用一种落难少女的口吻对她说道：'我是从杜拉得来求你帮忙的，求你可怜可怜我。我是有钱人家的女儿；我的父母想把我嫁给一个我讨厌的人；所以我夜里从家里逃了出来，免得受他们压逼。我现在要找个地方躲避，这儿他们是不会来找的，请让我在这里待些时候，等我家里对我好一点了我再走。我这儿有点钱，请你收下，'他把那包钱递给管园子的，接着说，'目前我能给你的就是这一点钱，不过我希望有一天情形好一点了，我能更好地报答你对我的好处。'

"他这番话很使管园子的女人感动，特别是最后那句话。她回答道：'我的姑娘，我愿意帮你的忙；我认识一些年轻姑娘，她们做了老人们的牺牲品，心里都很不快活。她们这种痛苦我是同情的；因此你找到我是再幸运不过，我要把你放在一间特别的小房子里，在那里你可以平安地待着。'

"唐加西在这园子里待了几天，焦急着等娥柔娜来。最后她同她的丈夫一道来了。这位醋性大的丈夫，还是照老规矩，先把所有的房间连同厕所地窖阁楼都巡视一遍，看有没有男人藏在里面。管园子的女人是知道他脾气的，就先跟他说话，告诉他有一位小姐到这儿来要找寻藏身的地方。

"查吕毕欧虽然疑心病大，却一点没想到这里面有什么花样，忙要她把这不知姓名的女子带来见他。这女子见他之后求他不要问她姓名，她说她私自逃出已经破坏了家庭的名誉，再不能把名姓轻易告人。她把虚构的故事讲得那样逼真，这军官听了简直给迷惑住了。他觉着自己对这可爱的女人产生了一种好感，忙答应给她帮忙；由于想到可能从她身上占到便宜，他就让她待在他太太身边。

"娥柔娜一看到唐加西脸就红了，显得有些张皇失措。这一点他也看出来了，他想一定是他在教堂看到她的时候她已注意到他了。为了把这一点弄清楚，一等有机会单独跟她说话，他就说道：'我有一个哥哥常和我谈到你，

他有一次偶然在教堂里碰到你，从那时候起，他每天都要想你千百次，他那情况真值得你可怜。'

"听了这话，娥柔娜就更加仔细地打量他，答道：'你和你这位哥哥也未免太相像了，这巧把戏再也哄不住我了，我已经瞧出你是男人装扮的。我记得有一天，在听弥撒的时候，我把斗篷打开了一会，你就看见了我；那时我因为好奇，也注意着你，发现你的眼睛老是盯着我。我打教堂出来的时候，心里就想你一定会跟上来，你会打听我是谁，在哪条街上住。但我也只是这样想想，不敢回头望；因为我丈夫就在我跟前，如果我这样做，他一定会看见，那他就会以为我犯了大罪了。第二天，还有以后几天，我到这个教堂去时，又看见了你，你的相貌我看得很清楚，现在尽管你改装了我还是认得出来。'

"唐加西答道：'唉，太太，我现在该把真情实话说出来了：我是一个男人，名叫唐加西·巴锡果，你的美丽使我倾倒，因此我改扮成这个样子来到此地。'娥柔娜说：'那你一定是以为我会接受你的感情，赞成你的计谋，会帮着把我丈夫蒙在鼓里了？你要这样想就错了；我要把一切都告诉他。我很高兴有这样好一个机会让他看出他的防范不及我的品德可靠,尽管他醋性大,多疑,要骗过他还是比骗我容易。'

"最后这句话还没讲完,军官就走了进来,他也凑上来和他们一起谈话。他说道:'太太们,你们在谈什么呀?'娥柔娜答道:'我们在谈,有些年轻男人想设法向嫁给老头子的年轻妇女求爱;我说谁要敢化装混进你这儿来,我可要让他知道知道我的厉害。'

"'太太,你呢?'查吕毕欧转过身向唐加西说,'在这样情况下你要怎样对待这种人呢?'唐加西这时是那样慌乱那样窘,不知如何回答是好;他这种狼狈的样子险些给军官看出来了,幸亏这时有个用人进来,说有人从马德里来,要同他谈话。听了这话,他走了出去,问那人有什么事要谈。

"这时唐加西忙跪倒在娥柔娜脚前,说道:'啊!太太,你让我这样发窘有什么快活?你难道真的那样无情,愿意让我做你丈夫怒火下的牺牲品?''不,巴锡果,'她笑着答道,'嫁给醋坛子老头的年轻女人是不会这样残酷的,你放心好了。我刚才惹你发一发慌不过是开开心,回头你也就不会慌了;我一番好心要让你在这儿待,你出这样一点代价也不为多。'听了这样宽慰他的话,唐加西马上觉得他的惊惶已经烟消云散,只希望娥柔娜说的不是假话。

"有一天,他们俩正在查吕毕欧房里互诉衷情的时候,这军官撞了进来:这时他即使不是醋性最大的男人,看了这情景也可以明白断定这漂亮的女人是男人装的。在暴怒之下他跑回书房去拿手枪;就在这时候,两位情人逃了出来,把房门从外面牢牢锁住,带了钥匙赶到邻近的一个村子里去。在那里唐加西已经让随从准备了两匹马,他脱下女装,让娥柔娜骑在后面,把她带到一所修道院去。到这地方来是他的预定计划,因为修道院的住持是他的姑母,他相信他姑母是会容许他躲藏在那里的。这样给安置妥当之后,唐加西就回到马德里,去看事情如何发展。

"查吕毕欧看见自己被人关在房内,忙喊人开门:一个用人跑了上来,看见门反锁了,也想不出办法。军官企图把门打破,但不能很快达到目的,他等不及了,就拿着手枪从窗子里跳了下来。由于身子倒着落地,他的头部受了伤,不省人事地躺在地上。用人们赶了出来,把他抬进大厅,放在一张卧榻上。他们在他脸上喷水,又死劲地摇撼他,最后总算使他苏醒过来。但他神志一清楚马上又变得怒不可遏。他问他的妻子在哪里,他们告诉他有人看见她和那新来的女子一道从花园的小门里出去了,他忙命人把枪拿来把马备好;用人们不得已照着做了,他也不管自己的伤势,骑上马去追赶两位情人。他取的是另一条路,跑了一天都是白费。晚上他在乡下一个客店里歇了下来,疲劳和失血使他发起烧来,神志昏迷,几乎死去。

"以后的情况可以两句话讲完:他在村子里病了两星期,后来回到庄园上,因为不断想到他的不幸,不知不觉变得神经错乱了。娥柔娜的父亲一听说这事,就把他接回马德里,关进了疯人院,他的妻子仍然留在修道院里,她的父母决心让她在那里待几年,来惩罚她这种失节的行为。

"查吕毕欧紧隔壁是一个商人,"魔鬼接着说,"船出事的消息使他疯了。再过去一个小房间里关着一个兵士,他是因为祖母死掉,悲恸过分疯的。""这善良兵士后边的那个少年,"唐克列法斯问,"他是怎样疯癫的?"阿斯莫德答道:"啊,说起这孩子,他生来是白痴。他的母亲是荷兰人,他的父亲是海关上的一个重要职员。

"现在让我们看那个弹着六弦琴唱歌的高个子青年,"他接着说,"这是一个很忧郁的疯子,他碰到一个冷酷无情的爱人,才落到这般境地。""啊,真可怜,"学生嚷道,"他的不幸也引起我难过,忠厚人就容易碰到这种事;假如我爱上了一个残酷无情的美人,我不知道我是不是也会变得神经错乱。"魔鬼说:"你有这种情操,也不愧是个真正的加斯迪人,只有你们才会因为讨不到别人的欢心忧伤成疯子。法国人可不这样痴情;你如果要知道法国人和西班牙人有什么不同,我可以把这疯子唱的歌念你听听,这是他刚才自己编的:

西班牙人的歌

我心里的火不住地燃烧,

我眼中的泪老流个不完;

但眼泪不能将心火浇灭,

心火也不能把眼泪烧干!

"一个西班牙男人受了女人无情的对待时是这样歌唱的;但前些时一个法国人遭到了同样的事却是这样表达自己的感情的。

法国人的歌

我那心上的人儿

对我忠诚的爱情总那样冷淡;

我的殷勤,叹息和忧戚

都不能使这位无情的美人心软。

啊,天!有谁的命运比我的更惨?

啊!既然我不能讨她欢喜

我就不愿再看到阳光,

来吧,朋友们,请你们把我葬身巴扬①的家中。"

---

① 巴扬(Païen)原指非基督徒、行为不端正的人;按作者说葬身于巴扬的家中并不是死,而是可以吃喝一辈子的意思。

"巴扬看来是一个饭馆老板？"唐克列法斯说。"你猜着了。"魔鬼回答。

"现在咱们看女的吧。"他接着说。"怎么回事！"学生嚷道，"我只看见五六个人。女疯子比我预料的少。"魔鬼说："女疯子并不都在这儿；在城内另一地区的疯人院里，女疯子都关满了哩。你如果愿意，我一会带你去看看。""算了，不要了，"唐克列法斯答道，"单看这几个就够了。请告诉我这几个人是怎样疯的。"

"第一个是一个老侯爵夫人，"阿斯莫德答道，"她爱上一位年轻军官，这人在佛兰特服役。她给了他一大笔钱让他在军中使用。为了知道他在远方干些什么，她找了一位女巫来探问，这女巫拿出一个玻璃杯让她看，她在里面看见这军官正跪在一个年轻的佛兰特女人面前，这样一来她就神经错乱了。

"第二个是一位法官的妻子，有一次宫廷中的一个女人把她叫作老大娘，她一怒之下脑筋就不清楚了。

"第三个是一个代理人的妻子，她要她丈夫给她买一副价值一万杜加的钻石十字架，她丈夫不肯，她就疯了。

她后面是一位风骚女人,有心把一个贵族毁掉没有成功而发了疯。在下面两个小房间里的是两个女用,一个多年服侍一个老光棍,而他临终遗嘱上并没有写她的名字,她伤心得发了疯;另一个因为听说一个有钱的财务官死了,她成了他唯一的继承人,高兴得发了疯。"

"我已经让你看了这些被关起来的疯子,"魔鬼接着说,"现在我该让你看一些照理也应该关在这里的人。"

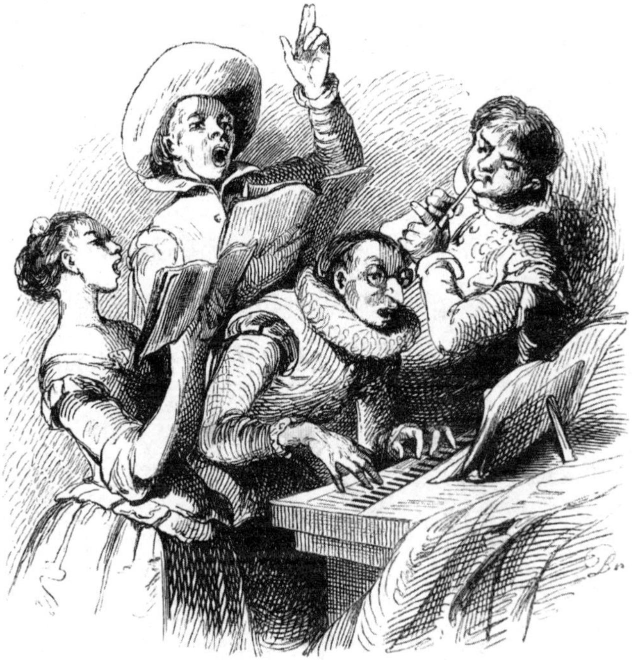

第十一章

应当比前一章更长的一章

"我们离开这一区吧,一路上我如果碰到什么人应当和这里的疯人列作一类,我就和你讲他们的情况。现在我已经看到一个人,我不想把他放过。这是一位新婚的男人。一个星期以前,他听说他喜欢的一个放荡女人和别人勾三搭四的,就怒气冲冲地跑到她家里去,把家具有的打坏,有的从窗子里扔了出去,第二天他就和她结了婚。"唐克列法斯说:"像这样的人的确够格优先进疯人院。"

"他有一个邻居,"魔鬼接着说,"我看也不比他聪明:这人是个四十五岁的老光棍,家境还过得去,却想去伺候大人物。

"我刚才还看到一位法学家的寡妇,这位贤德女人已经六十多岁了,丈夫前些时死掉,现在她竟想到修道院去住,说是这样人们就不会对她说短道长了。

"另外我还看到两位处女,我意思是说,两位五十来岁的老姑娘,她们在祈求上苍把她们的父亲收去,这老头到现在还把她们当未成年的闺女似的关在家里。她们希望他死之后她们能找到漂亮郎君,真心爱她们而且和她们结婚。""那有什么不可以的,"学生说,"胃口古怪的人多着哩!"魔鬼答道:"这一点我也同意。她们是可能找到丈夫的,只是她们不应该这样指望,她们的呆气就在这里。

"没有哪个国家里的女人能实事求是地看待她们的年纪。一个月以前,巴黎有位四十八岁的老姑娘和一位六十九岁的妇人到法院检察庭给一位寡妇做证,这寡妇是她们的朋友的妻子,有人告她不规矩。检察官先询问那已婚妇人,问她有多大年纪。尽管她的出生年月在她额头上写得很清楚,她却偏偏厚着脸说她才四十岁。在问完她之后,检察官又问这老姑娘,说:'你呢,小姐,你多少岁了？'她答道：'检察官先生，请你问别的问题吧，对我们这种问题是不宜于问的。'检察官说：'别这么想，小姐，你难道不知道在法律面前应当说出真实情况吗？'这老姑娘忙答道：'啊，这与法律有什么关系，咳，难道法律还要管我多大年纪？''可是如果不写上你的年龄，'他说，'你的证明就等于无效；这是必须问清楚的。'她答道：'如果这是绝对需要的，那你就仔细看看我，老老实实说我多大年纪好了。'

"检察官看了看她，相当客气，说她只有二十八岁。接着他就问她是不是和那寡妇已经认识很久。她答道：'是在她结婚以前认识的。''这样说你的年纪我就估计错了，'他说道，'因为这寡妇结婚已经二十九年了。''那么这样吧，检察官先生，'这老姑娘答道，'就写我是三十岁好了：我在一岁的时候认识她是可能的。''这不太合情理，'他说道，'再加十二岁吧。''不行，请原谅，'她打断他说，'看在法律分上我再加一岁，这已经到顶了；再加一个月也不成，哪怕是你说我不老实。'

"她们两人从检察庭出来之后，那老太婆对那老姑娘说：'这傻瓜以为我们当真会把确实年龄告诉他，你看可笑不可笑。咱们的年龄写在教区的出生簿上还不够，他还想把它写在他的本子上，好让大家都知道。我呀，我只觉得他可笑；我轻轻易易就瞒了他二十岁；你也同样瞒了他那么多的年纪，真不错。'

"'你说那么多是什么意思？'老姑娘带着不客气的口吻问道，'你是在取笑我；我至多才不过三十五岁。''咳，我的小姑娘，'另外那女人带着调皮的神情说，'你是在和谁讲话呀？我亲眼看你生出来的；从那时到现在真有不少年了。我还记得见过你爸爸，他死的时候已经相当老，到现在他已死去差不多四十年了。''啊，爸爸，爸爸，'她听了这老实话颇不高兴，忙打断对方说，'不瞒你说，我爸爸娶我妈妈的时候，他已经老得不能得孩子了。'

"在一座楼房内我看到两个头脑不太清楚的人，"魔鬼接着说，"一个是投机家，他每天都去拜会大人物，痴心妄想，以为和他们谈话之后，他们会记得他对他们说的话。另一个是一位外国画家，专画女人的像；他技巧不错，画得很好，画出来的和原来的人惟妙惟肖；只有一样，他不肯把人画得比原来美一些，他以为这样，会受人欢迎。真是傻瓜①。"

"怎么，"学生说，"你的拉丁文讲得这样漂亮！"

"这值得你吃惊的吗？"魔鬼答道，"我什么语言都讲得十分好，连雅典话也不例外；现在有些人自吹雅典话讲得好，其实我比他们要好千百倍，而我还不像他们那样扬扬得意。

"看这所大房子，在左边房里，有一位生病的太太，周围有好几个女人在看守她。这是一位财政官的寡妇，是位迷信贵族的人。今天她已经立好遗嘱：要把一大笔家财，全部分给一些头等地位的人。她这样做，并不是因为和他们认识，而只是因为仰慕他们的名望。有人问她，有个人曾给她做过不少的事，她是不是什么也不想留给他。'唉！不行，'她答道，'我真的很抱歉：不是我无情无义，不愿意承认他对我的好处，只是他是一个平民，他的名字会玷辱我的遗嘱。'"

---

① "真是傻瓜"这话，魔鬼是用拉丁文 Inter stultos referatur 说的。

"阿斯莫德先生，"唐克列法斯打断他说，"求你告诉我，在那间书房里看书的老头，是不是恰好又是一个有资格进疯人院的人。"魔鬼答道："没有问题，有资格。这人是一位老学士，他前不久把一本书付印，现在正在阅读校稿。"学生说："这显然是一本讲伦理或是神学的书。""不，"魔鬼说，"这是他写的许多打油诗，这些诗他原可烧掉，就说不烧，保留到他死的时候也就算了不起了，但他却趁他活着的时候把这些诗付印了；他怕死后，后人拿来出版时因尊重他的个性而把里面的幽默尖刻之处都给删掉。

"在这位学士邻近我看到当代最杰出的作家之一。这是一位了不起的聪明人。他的作品里充满幽默风趣，到处有些精妙隽永的句子。他的文体新颖，用字妥帖，而且不落俗套。现在咱们再看他的邻居,这是一位……""嘿，别讲得这么快！"唐克列法斯急忙打断他说，"你还只讲了这作家的优点，现在你该指出他疯癫之处了。""啊，真的，我忘了说他的缺点了，"魔鬼说道，"他在念自己的剧本时，每到他看来值得喝彩的地方，他就停顿一会，好给听众鼓掌的时间,让自己体会一下那种甜蜜滋味。

"看,右手那所房子里,有三个人在一起吃巧克力。一个是位自夸喜爱文学的伯爵,另一个是位学士,是伯爵的堂弟,第三个是追随他们的一位才子。他们几乎从不分开,三人一起到处游逛。伯爵唯一的事就是赞美自己。他的弟弟一面歌颂他,也一面自称自赞,而那位才子则有三重任务:歌颂他们两人,也夹着把自己捧一番。

"刚才在一个小房子里面看到一个矮小的妇人。她很为自己的成就所陶醉。她开了一张情人的名单,所有和她说过话的男人的名字都在上面。离她这儿不远我看到一位有钱的单身汉,这人有一样滑稽古怪的特点:那就是他过得特别俭省;他这样做既不是因为要节欲苦修,也不是他为人淡泊,而只是为了要积蓄家财。""他积了钱干什么用?预备布施给人吗?""不,他用这钱买字画,买精美的家具和珠宝玉器。他这也不是为了活着的时候享受,而只是为了充实他的财产清单。"

"你讲得未免夸大了一点,"唐克列法斯打断他说,"世界上有这样的人吗?""我告诉你,当然有,"魔鬼答道,

"这个人就有这样的怪癖,他欢喜听人称道他的财产。譬如说他买了一个漂亮写字台吧,他把它包得好好的,塞在一间贮藏室里,以便他死后,别人来收买他的家具时,这写字台看起来还是新的。

"在这单身汉的房子里住了一位作家,这人在写某种严肃东西方面颇为成功。不过他能写好的也只有这类东西。但是他自以为什么都能写好,认为他之所以不愿写喜剧是因为他的喜剧会过于细腻,难以使观众'感动'。其实他应当说他的戏太干燥无味了,如果他那样说,他还算得上是一个懂道理的人,我也就不会把他和疯人搁在一起了。

"学士先生,"魔鬼接着说,"如果我要把所有够资格关进疯人院的人都一一指给你看,那是指不完的。因此,我想带你到别处去,观察观察别的东西,也可以换换口味。"

第十二章

坟　墓

阿斯莫德因为想让唐克列法斯看到些别的东西，就把他带到这个城的另一区。他们在一个墓碑林立的高大教堂上停了下来。魔鬼说道："我们在这里继续观察吧；不过在接着观察活人之前，我们先打扰一下这教堂里安息的死人。我们把这些坟墓都看一下，看看它们里面躺着些什么人，看看他们是怎么死的。

"在右边八座坟墓中的第一座里，躺着一个青年人，因为在挑环赛①中没有得到第一名忧伤致死。在第二座坟中是一个守财奴，是甘心挨饿而死的。第三座中躺的

---

① 挑环赛是一种游戏，把若干圆环放在树上或其他地方，人骑马驰过，用枪挑下圆环。

是他的继承人,在他死了两年后,因吃得太好把命丢掉。在第四座坟墓里是一位父亲,因独生女儿被拐跑忧郁而死。后面那座墓里是一个年轻人,因害肋膜炎吃凉药丧命的。

"再后面那坟墓里躺的是一位军官的遗体,他为国出了很多力,在他从军中回来的时候,像阿伽门农①一样,在他家里发现了一位埃癸斯托斯。

"第七座坟里是一位贵族老姑娘,长得丑陋,又不很有钱,慢慢忧愤得离开了人世。在最后那座坟墓里安息着一位财政官的太太,有次在一条窄狭的街道上,她的车子被迫后退,好让一位公爵夫人的车子走过,这样她就活活地气死了。"

"嘿,"学生问,"在左手这五座坟里是些什么人?"魔鬼答道:"让我给你讲吧。一个坟里躺着一对古怪的人:男的是个年老的丈夫,女的是他年轻的妻子。在他们结婚的时候,老头前房有几个孩子。当他正准备写张字据

---

① 阿伽门农是希腊传说中的英雄,为特洛亚战役中希腊军的主帅,凯旋后,发现妻子与埃癸斯托斯通奸。

不让他们得他的家财时，忽然中风死掉。这位后娘很伤心，觉得这老头为什么不晚两天死，这样在二十四小时之后她也与世长辞了。

"在另外一座坟墓里是位老神父，他是得暴病死的。在他身体还很好的时候，他已立下了遗嘱，并且念给他的用人们听。作为一位好主人，他也预备给他们留些东西。结果他的厨子没有耐心等待了。

"在这位不够谨慎的老神父旁边是一位美丽的女人，她的丈夫是个忌妒心强的人，因为疑心她不贞将她杀死。在第四座坟里是一位迷信医生的男子，因为在花园里散了半小时步没有打伞受热丧了命。在最后那座坟里是一个迷信医生的女子，因为怕得病常叫人放血，反而死掉了。

"在这些坟墓之间，"魔鬼接着说，"很简陋地埋葬着几个人，里面有一位德国人，是因为在大吃大喝时酒里泡了烟叶喝了致死的；另外有一位法国人，有一次从教堂出来，看到一位漂亮女人正走进去，他按照他本国的礼节，献她一份圣水，结果送了命。

"这里还躺着一位戏子,看见同行们出入有车,而自己却得徒步而行,慢慢忧闷而死。那边是一个年轻的女戏子,有一天扮演一位贞女很兴奋,到了后台流产死了。离她不远躺着一位剧作家,他有一位朋友有一个剧本初次上演,台下掌声雷动,听了这响声这位作家大为忌妒,突然死掉。"

"阿斯莫德先生,"那学生听到这里嚷道,"对不起,我要打断你一下,请你告诉我,这刺耳的叫声是怎么回事。"**魔鬼**答道:"这叫声是从左手那间漂亮住宅里发出的,在这屋里正发生一件人间最惨的事。你看看这可怜的景象吧。""唉,这女人抓着头发,在用人怀中扭动着身子,看来是那样悲痛,这是怎么回事?"唐克列法斯问道。**魔鬼**答道:"看看这房间正对面的那间房里,你就会看出是怎么回事了。看,在那华丽的床上躺着一个男人,这就是她那刚死去的丈夫;她现在伤心得无法劝解。他们的经历也是够动人的,真值得写成一本书;我很愿意把这段情节给你讲一讲。"

"那真好极了,"学生说,"滑稽可笑的事最叫人开心,悲惨的事能使人感动。""这故事相当长,"魔鬼说,"但是很有趣味,不会使你厌烦的。"说着他就讲了下面这段故事。

第十三章

友情的力量

"杜雷德城的一位年轻绅士碰到了一次悲惨遭遇；为了避免不幸的后果，他带着随从仓皇离开了家乡。他们正走到离华伦斯城几里路的时候，在一座树林边上，看见一个女子，疾步从马车上走下来；她脸上没戴面纱，相貌极其美丽。这漂亮女子看来是那样不安，以至于绅士断定她一定是碰到什么危难的事；他走上前去，问她有没有什么需要他帮助的地方。

"这女子答道：'不知名的侠士，你答应给我帮忙，我真是欢迎得很，你简直像是上天派遣来的，你一来我所担心会遭遇到的不幸的事就可能避免掉了。有两位骑士约定在这林子里会面，要进行决斗。我刚才看见他们进去的,请你快跟我来,帮我把他们两人分开。'说完她就向林子走去;这杜雷德人把马交给随从,也疾步跟了上来。

"他们还没走上一百步,就听见了兵刃的声音,不一会他们看见两个人正在几棵大树间恶斗。这杜雷德人跑上前去给他们排解,一面恳求,一面使气力,总算把他们分开。他问他们为什么决斗,这两人中有一个答道:'不知名的侠士,我的名字叫法德利克·得·曼多斯,我的对手名字是阿尔法·朋斯。我们都爱唐娜戴奥杜娜,她就是跟你一道来的那位太太。我们对她很好,她却老对我们冷淡;不管我们想多少办法讨她的欢喜,这位无情的太太待我们还是那样。在我这方面,我想不管她怎样冷淡,我还是继续对她好;可是我的情敌不愿意像我这样做,他打定主意要和我决斗。'

"阿尔法打断他说:'的确我是认为这样做比较合适:我相信假如我没有情敌,唐娜戴奥杜娜是可能对我好一些的。因此我要把唐法德利克杀掉,来除掉妨害我幸福的人。'

"听了这话以后,这位杜雷德人说:'骑士先生们,我完全不赞成你们这样决斗;这只会破坏唐娜戴奥杜娜的名誉,不要多久整个华伦斯都会知道你们是为她决斗的了;你们既然爱她,就应当珍惜她的名誉,胜过你们的宁静,甚至胜过你们的生命。而且,就说谁打赢了,又能指望得到什么好处呢?让情人的名誉受了损失,还能希望她对自己更有好感么?这是多么盲目的行动!还是相信我的话,尽量克制住怒气吧。来,起个庄严的誓,决心接受我的调解;你们的争执是可以不用流血的方式解决的。'

"'哼,用什么方式解决呢?'阿尔法嚷道,'应当由这位太太宣布究竟她要唐法德利克还是要你,'这杜雷德人答道,'那个不幸没选中的就退出场外,不要和情敌决斗。'阿尔法说:'我同意,我以世间最神圣的东西起誓照你的话做,让唐娜戴奥杜娜自己决定,究竟是不是她更爱我的情敌而不爱我;即使她是这样决定,也比我现在处的这种不明不白的可怕境地好受些。'唐法德利克这时也说:'我也向天起誓:如果我崇爱的圣洁人儿说明对

我无意,我就远远离开她;或许我不能忘掉她,但至少眼里看不见她,也好受一些。'

"这杜雷德人就转身向唐娜戴奥杜娜说:'太太,现在该你说话了。你只要说一句话,就可以使两个情敌停止动武:你只要说你愿意接受哪一位的深情。'这位太太答道:'先生,请你想个别的办法给他们和解吧。为什么要把我弄成让他们和解的牺牲品?我确实是敬重唐法德利克和唐阿尔法的,但是我并不爱他们;如果仅仅为了怕伤我名誉使他们不决斗,我就违背自己的真心,给别人虚假的希望,那是不正当的。'

"这杜雷德人说:'太太,你这样不说真心话是不合适的。你应当表明态度。尽管这两位先生长得都是同样的好,我敢肯定你总对其中一个人好感多一些。我刚才看见你惊惶得了不得,这就说明你对他们是很好的。'

"唐娜戴奥杜娜说道:'我惊恐的原因你说得不对。当然他们中间任何一个人死了我都会感动,虽然我没有错,但这究竟是因我而引起的,所以我也可能终身埋怨我自己。不过刚才要是我显得十分惊恐,那只是因为我

怕我的名誉受损害。'

"唐阿尔法·朋斯生性蛮横，听了这话沉不住气了，以粗暴的口吻说道：'这也太过分了。既然夫人不愿意让这事以和平方式解决，那就用动武的方式决定吧。'在这样说着的时候，他就开始向唐法德利克进攻，对方也准备好应战。

"他们这样做使这太太很害怕，她也顾不得心里怎么想，惊惶地叫道：'住手，先生们，我照你们的话做吧。既然没有别的办法来阻止这场影响我名誉的争斗，那我就宣布我对唐法德利克·得·曼多斯好一些。'

"她的话还没说完，这位失意的朋斯就一句话也不说，跑去把拴在树上的马解开，恶狠狠地望了他的情敌和情人一眼，上马跑掉。这位幸运的曼多斯当然和他相反，高兴得不得了：他一会儿跪倒在唐娜戴奥杜娜面前，一会儿拥抱这位杜雷德人，他找不到恰当的字眼来形容他心里对他们的感激。

"唐阿尔法走远之后，这位太太心里安静了一些，但想到自己答应接受一个人的感情，这人的为人自己虽然敬重，但心里并不爱他，不免感到有些苦恼。

"她对他说：'唐法德利克先生，我虽然宣布对你有感情一些，但希望你也别想得太远；我这样做是出于不得已，我不得不在你和唐阿尔法之间加以选择，这并不是说我一向都把你比他看重得多得多。我知道你有许多优点是他没有的；我也承认你是华伦斯最杰出的骑士；我甚至可以说，能有你这样一个人相爱，一个女人是会感到荣幸的；可是，我也得坦白告诉你，你对我好我并不感到高兴。你这样热情地爱我，只使我觉得你可怜。不过我也不能说你以后永远不会得到我的感情：我现在这样冷淡可能是我丈夫唐安德烈·得·西范德去世所造成的。他死了已经一年，虽说我们在一起过得不久，他的年龄和我的父母差不多，而我嫁给他又是因为他有钱的缘故，他死了我还是很伤心的：就是现在我都还在经常想念他。

"'唉，难道他不值得人怀念吗？一些醋劲大性情乖张的老头，不相信一个年轻妻子会有头脑，会原谅他们的短处，他们不是自己寸步不离地跟着她，就是找一个对他们忠心的女监护来守住她；可是他，唉，他却完全不一样。他对妻子的品德是那样信任，就是一个被妻子爱着的年轻丈夫也不容易这样做到。此外，他的殷勤温存也说不完，我敢说只要我露出想要什么，他总想尽办法满足我的要求。安德烈·得·西范德就是这样一个人。曼多斯，你可以想象一个性格这样可爱的人是不容易被人忘掉的；他经常在我脑中出现，这自然不免对我有相当的影响，使我无心接受别人的殷勤。'

"听到这里唐法德利克禁不住打断唐娜戴奥杜娜，叫道：'啊，夫人，听你亲口说你不理我的殷勤并不是因为讨厌我本人，我心里真高兴；我希望有一天我对你的深情能使你感动。'这太太答道：'能不能有这一天也不靠我；我可以让你有时来看我，来谈谈你的情意，但是你应当想法让我喜欢你对我的殷勤，慢慢使我爱你。假如我对你有什么好感，我是一点也不会隐藏的；不过，如果万一你做了很多的努力，仍然不能达到目的，你应记住，曼多斯，你是没有权利责备我的。'

"唐法德利克想回答；可是他没有来得及，因为这太太已经握了握那杜雷德人的手，疾步向她的马车走去了。

他把马从树上解下来,牵在身后,跟了上去。唐娜戴奥杜娜在上车时情绪很激动,简直和刚才下车的时候差不多,只是原因不一样罢了。那杜雷德人和唐法德利克骑在马上陪送她,一直到华伦斯的城门口他们才分手;她回自己家中去,唐法德利克则带着这杜雷德人回他的家。

"唐法德利克留他在他家休息;好好款待一番之后,他问他怎么会到华伦斯来的,是不是打算在这里多待一些时日。这杜雷德人答道,'我在这里待的时间要尽可能的短,我从这儿过只是为赶路到海边,搭第一艘轮船离开西班牙;我不在乎在世界上什么地方过完我悲惨的一生,只要远远离开这使我痛心的国家就行。'唐法德利克吃惊地说:'你说什么?谁使你讨厌自己的国家?所有的人都自然地热爱的东西,是谁使你憎恨的?'这杜雷德人答道:'自从那一件事发生之后,我的国家就使我生厌,我只想永远离开它。'曼多斯满怀同情地叫道:'啊,先生,我多么急于想知道你遭遇到什么不幸!如果说我不能减轻你的痛苦,至少我愿意为你分担痛苦。你的面孔首先使我对你有好感,你的风度也招我喜爱,我感到我已深

深同情你的遭遇了。'

"这杜雷德人答道：'唐法德利克先生，你说这话对我是莫大的安慰。为了对你这番好心表示感激，我也愿意告诉你，刚才看到你和阿尔法·朋斯在一起的时候，我的心一直就是向着你的。我对一个初次见面的人，从来不曾有过这样深的好感，我很害怕唐娜戴奥杜娜会不选择你而选择你的情敌，在她决定了选择你的时候我真高兴。这第一面的好印象后来越发加深了，因此我不想对你隐瞒我心头的烦恼，而愿意向你剖诉心腹；这样我会感到一种隐隐的快慰。现在让我把我的不幸讲给你听吧。

"'我是在杜雷德生的，我的名字叫唐璜·得·沙拉得。还在我童年的时候我的父母就去世了，他们留下一笔财产，我从很小的时候起每年就可以收四千杜加的地租。由于我无拘无束，又自信很有钱，以为选择妻子只应考虑感情，我就和一个美貌出众的姑娘结了婚，既没有想到她家没有钱，也没顾虑我们的门第不相当。在得到了意中人之后，我自然为我的幸福而得意。为了更好享受新婚的乐趣，结婚不久我就把她带到离杜雷德几里路的一所庄园上去住。

"'我们在一起正过着美满和谐的生活，忽然有一天纳哈拉公爵来到我们这里：他的别墅离我们不远，这天出来打猎，就到我家休息。他看见了我的妻子，对她竟发生了感情。我一开始就有些怀疑，后来事实的发展也使我这样想：他过去对我是很不在意的，现在却想各种方法讨我的好，他让我和他们一道打猎，又送我许许多多的东西，至于口头上答应给我帮各种忙的时候就更其多了。

"'开始，他对我妻子的感情使我很惊恐：我本想和妻子一道回杜雷德去（这想法一定是天赐给我的，的确，如果我使公爵没有任何机会会见我的妻子，我是可能避免掉这不幸的遭遇的）；可是我对她的信任使我没有这样做。我想，一个既无陪嫁，门户又低的女人，我娶她为妻，她绝不会无情无义，把我的好处忘掉。可是，天哪，我看错人了。虚荣和贪心，是所有的女人与生俱来的两个缺点；而我的妻子，这缺点还特别显著。

"'公爵想法让她知道了自己的感情。能使这样一个大人物倾倒，她自然非常得意。人们对他是以"殿下"相称的，这样的人竟然会对她迷恋，这迎合了她的虚荣心，使她脑中产生了各式各样的幻想；她自以为很了不得，对我也就日渐冷淡下来。我所采取的态度，不仅不使她感激，还引起她对我的鄙视：她认为我这样一个丈夫与她的美貌是不配的：她觉得如果现在为她倾倒的这位贵人在她结婚前碰到她，是一定会娶她为妻的。这种种痴想使她昏了头，他送她的一些东西又使她受宠若惊，她慢慢就接受了公爵暗中的殷勤。

"'他们常有书信往来，而我却完全没有疑心他们有这种往来；可是最后，不幸的日子终于到来，我发觉了他们的暧昧关系。有一天我出去打猎，回来得比平时早一些；这时她刚收到公爵一封信，以为我不会这样早回家，正准备给他回信，不想我突然闯进房内。她看到我的时候那种惊惶神情简直无法掩藏，因此我也打了个寒战；一看桌上有纸有墨水，我就明白了她对我的不忠实。我要她把写的信拿给我看，她怎样也不肯，我妒火中烧，

一定要弄个水落石出,最后只有用强迫的办法来达到目的。我不顾她的反抗,从她胸前掏出了一封信,这信上说了这样一些话:

第二次什么时候会面?难道叫我老这样苦等?你也太无情了,给人甜蜜的希望,却迟迟不让它实现。唐璜每天出去打猎或是进城,这样的机会难道不该利用?你应当体谅我炽热的感情。得到希望的东西是一种快乐,而等待却是一种苦痛;夫人,希望你能怜悯我的苦情。

"'不等看完这信我已是怒火欲焚:我手按宝剑,一时真想取这贱人的性命;但想到这样只算报了一半仇,要泄愤还得杀死另外那人,我就勉强按捺住自己的怒气,尽量装得心平气和;我对我的妻子说:夫人,你听信公爵的一套是不对的,你不应当让公爵显赫的地位扰乱你的心思。不过,年轻人都是爱虚荣的,我相信你的过错也在这里,好在你还没有给我太大的损害,这次我可以原谅你不够检点的地方,但是你以后要守本分,从此一心向我,要对得起我对你的深情。

"'说完这话,我就走出房去,一半为了让她从烦乱惊惶的情绪里回复过来,一半也因为我自己需要一个人待一会,来平息我心中燃烧的怒火。在以后两天中,虽说我还没有平静下来,我却装出很平静的样子。第三天,我假装要到杜雷德去办一件极为要紧的事,我向我妻子说我得离开一些时候,求她在我不在的时候要珍重自己的名节。

"'我动身走了,可是我并没有一直走到杜雷德,在傍晚的时候,我偷偷回到家里,躲在一个心腹用人的房中,从那里谁进我的家我都看得见。我肯定公爵会知道我离开了家,相信他一定会不放过这个机会;我想趁此把他们双双捉住,来彻底报仇。

"'但是我的预料并不正确:我完全看不出家里有接待野汉子的迹象,门到时候就关了,三天都已过去,公爵还没有来,连他的用人也没来一个。这时我相信我的妻子已经悔悟,她已和公爵割断了联系。

"'这样一想,我报仇的心也就没有了;怒火掩住的爱情这时又强烈起来,在一阵冲动下我跑进妻子房里,热情地抱她,对她说:夫人,我要重新敬你爱你。我这几天并没有去杜雷德,我假装要去只是为了考验你。我这样使计谋,你应当原谅,做丈夫的这样不放心也不是没有缘故的:我怕你的心给美丽的幻象迷住,不能悔悟;可是现在,谢天谢地,你认识了你的过错;我希望以后我们好好相处,再没有什么来扰乱我们的生活。

"'看来我这话也很使我妻子感动,她流了几滴眼泪,叫道:我也真苦,竟让你怀疑我的节操!我真恨那个使你恼恨我的人,我两天眼泪不停地流,我痛苦,我悔恨,可是这都没有用,我再也不会得到你的信任了。她表现的凄伤情绪使我很感动,我忙打断她说:夫人,我信任你;你这样诚心诚意地悔悟,我愿意把过去的事都忘掉。

"'的确从这时起,我仍然和从前一样待她了;那被无情扰乱的幸福生活又开始恢复了,而且比从前更加甜蜜,因为我的妻子为了把不愉快的痕迹从我心头擦掉,她对我比往常更加温存,她抚爱我时也更加热情,慢慢她给我造成的苦恼几乎已经完全消除了。

"'这时我生病了。虽说我的病并不危险,但我妻子那种焦急的程度却是你难以想象的:白天她整天都守在我身旁,夜里虽然住在另一个房间里,也总到我这边来两三次,看我情形怎样:总之,她极端小心地伺候,有事就跑过来做,就像我们命连命心连心似的。对她这种温存我是那样感激,我禁不住再三向她表示出来。但是,曼多斯先生,她并不是我想象的那样真心。

"'在我的身体已经开始复元的时候,有天夜里,我的随身侍从跑进房来把我叫醒,激动地说:老爷,对不起把你吵醒了;但是家里发生的事,我如果忠心待你,就不能向你瞒着,现在公爵正在太太那边。

"'这消息把我气呆了,我望着那用人,好一会不能说话;他报告的事,我越想越不相信,我叫道:不,法毕欧,这不可能,太太不会这样狡猾无耻!你说的话靠不住。法毕欧答道:老爷,我要是能觉得我的话靠不住就好了。问题是我没有给那些虚假情形骗过。从你生病时起,我就隐约觉得公爵几乎每天都有人把他带到太太房间里去；为了明白真相，我就藏起来偷看，结果发现我怀疑的确是事实。

"'听了这话我愤怒至极。爬起身来，我穿上睡衣，拿起宝剑，跑到我妻子房间里去，法毕欧擎着蜡烛跟在后面。一听到我们进门的声音，在床上坐着的公爵就翻身下床，从腰带里拔出手枪，向我走过来，开了一枪；可是由于打得太急太慌张，这枪没打中我。这时我猛地扑到他身上，把剑刺进了他的心。完了我向我那半死不活的妻子走去，对她说道：你这贱人，看你这样虚假无耻有什么后果。说着我把染着她情人的血的剑也插进了她的胸膛。

"'唐法德利克先生，我这样冲动是错误的，我承认要惩罚不忠实的妻子也不一定要取她的性命。'可是在那种情况下哪个人能保持理智？你只想想这虚伪的女人在我面前表现得是那样多情！你设想一下当时的情景，想想她不忠实的程度，看做丈夫的在暴怒下取她性命是不是完全不能宽恕。

"'现在我几句话把这悲惨经过讲完吧。在这样彻底报完仇之后,我赶忙穿上衣服;我想再不能耽搁了:公爵家里人一定会在全西班牙搜捕我,我家的势力与他家是完全不能相比的,我只有到国外去才能安全。因此我选了两匹最好的马,带上了所有的金银细软,由那个忠心的用人跟着,在天亮前离开了家。我取道华伦斯,是想搭上第一艘开往意大利的轮船。今天早晨打从你们去的那个林子边走过,碰见了唐娜戴奥杜娜,她要我帮忙,是这样我才跟她进去,帮助她把你们分开。'

"这杜雷德人把话讲完之后,唐法德利克对他说:'唐璜先生,你向纳哈拉公爵报仇是应该的;至于他家里人要追捕你,你就放心好了。如果你高兴可以住在我家,等机会到意大利去。我叔叔是华伦斯的总督,你在这里比别处安全,而且可以和一个想和你结成知交的人待在一起。'

"唐璜满怀感激地向曼多斯道谢,并接受了他的请求。你看,唐克列法斯先生,感情的力量也真了不起,"阿斯莫德接着说,"这两位青年骑士对彼此都那样富有好感,不久他们中间已经结下了深厚的友情,这种情谊简直可以和奥列斯特和毕拉德①的交情比美。两人的品德不相上下,脾气也很相投,唐法德利克欢喜的东西唐璜也必然欢喜;两人是一样的性格,简直可以说是上天造就来彼此相爱的。唐法德利克对他朋友的举止风度是那样欣赏,他不由得经常在唐娜戴奥杜娜前面称赞他。

"他们时常一道到这位太太家里去;但她对曼多斯的殷勤总是那样冷淡,以致他心里非常苦闷。有时他向他的朋友倾诉心中的痛苦;他的朋友为了安慰他,就告诉他:再无情的女人最后也是能动心的,要紧的是有耐心等候这幸福时刻的到来。他劝他不要灰心,他爱的太太迟早是会酬答他的情意的。这些话尽管都是从人生中体验来的,却仍然不能使畏怯的曼多斯安心,他怕自己会永远得不到西范德夫人的欢心。这种忧虑使他终日愁眉苦脸,也很使唐璜难过;但不多久唐璜就变得比他更加可怜了。

"自从他妻子做了那可怕的丑事之后,他对女人都有

---

① 奥列斯特和毕拉德为生死知交,曾一同下狱,在有机会逃出时,彼此推让。

反感,但碰到了唐娜戴奥杜娜,他却情不自禁爱上了她。有这种情感是对不起他的朋友的,因此他不愿让感情泛滥,而一心想把它克制住;他相信要这样做到只有不看见那使他产生感情的人,于是他决心不再和西范德夫人会面。这样,每次曼多斯要带他到她家里去时,他总是找一个借口推托不去。

"但是唐法德利克每次到她家去时她总是问,为什么唐璜不来看她。有一天在她这样问时,他笑着答说他朋友不来是有原因的。唐娜戴奥杜娜问:'他有什么理由要避开我?'曼多斯答道:'夫人,我今天早上要他一道来,我说他老不来是让人无法理解的,他不得已就说出了他的心事。这事我想也应当告诉你,使你知道他不来是有原因的。他对我说他找到了一位情人;由于他在这城里不会待多久,现在每一刻时间对他都是宝贵的。'

"这位寡妇脸有些发红地说:'这理由一点也不能使人满意。一个人谈恋爱也不应当把朋友扔掉。'唐娜戴奥杜娜脸上的红晕唐法德利克也是看见了的,但他以为她的虚荣心是她脸红的唯一原因;他想她一定是不乐意别人轻慢她。但他的猜测是不对的：使她脸上变色的是比虚荣心更强烈的一种感情。但为了不让他看出自己的情绪，她改换了话题，并且在后一半时间里装出很高兴的样子，这样一来，即使曼多斯开头有些疑心，现在也会觉得没有什么了。

"等曼多斯一走，西范德夫人马上陷入沉思：她感觉出自己多么爱唐璜。她满腹委屈地叹口气说：'是什么残酷无情的力量捉弄人，使一颗心对另一个不爱自己的心发生情感？我不喜欢唐法德利克，他偏偏爱我，我喜欢唐璜，而他的心却让另一个人占去了！唉，曼多斯，你可以不再埋怨我冷淡，你的朋友已经给你报复得够了。'

"说这话时一阵强烈的痛苦和妒忌情绪使她簌簌地落下泪来；但希望是会减轻人的苦痛的，马上她脑中就浮现了一些比较值得乐观的幻想。她想她的情敌可能并不那样可怕，她也许是靠心肠好而不是靠人品好赢得他的感情的，这种脆弱的联系是不难断掉的。为了亲自证实她现在的看法，她决心和这位杜雷德人单独谈一谈。她派人请他来一趟。他来了，一等用人走开，唐娜戴奥杜娜就开口对他说道：

"'我从来没有想到一位待人和善的人在恋爱的时候会对别人冷淡。但是你，唐璜，自从你和人相爱之后，就不到我这里来了，我觉得我有理由埋怨你。不过我愿意知道你逃避我究竟是不是出于本心：显然你的情人是会不许你来的。你向我说了，唐璜，我可以原谅你。我很了解，恋爱的人行动是不自由的，他们会不敢违拗情人的意旨的。'

"这杜雷德人答道：'夫人，我同意我的行动是该引起你奇怪的；可是我希望你不要让我替自己辩护；你只要知道我不是无故避开你就行了。''那么是什么缘故呢？'唐娜戴奥杜娜激动地说，'我希望你告诉我。'唐璜答道：'唉，你这样追问，我就不能不照你的话做了，可是要是我说的话是你不想听的，你听了可不要抱怨。

"'唐法德利克已经给你讲过我是怎么离开卡斯迪的，'他接着说，'在我离开杜雷德时我心里恨透了女人，我说在我一生中任何女人都休想再动我的心。抱着这样一种傲慢情绪我来到华伦斯，结果我碰到了你。一开始，你望我几眼，我并不觉得什么，后来我和你见几次面也还平稳无事，这在别人恐怕已经是不容易做到的了；可是，天啦，我几天的高傲马上就得到了报应！你最后终于使我无力抗拒了；你的美貌，你的聪明，所有你的可爱之处都在我这个反抗女人的人身上发挥了作用；一句话，我完全陷到爱情里面去了。

"'夫人，这就是我要避开你的原因。曼多斯告诉你我爱上了一个女人，这完全是假的，我这样捏造一个情况告诉他，是为了使他不要因我老拒绝陪他来而产生怀疑。'

"唐娜戴奥杜娜完全没有料想会听到这样一番话，她心里是那样高兴，她已经无法不露出自己的感情。事实上她也没有设法去掩藏它，她在望着他时，不但没有故意装得严峻一些，而且还让自己流露出相当深的温情。她对他说：'唐璜，你把你心里的话都讲给我听了，我也把我心里的话剖诉给你听。

"'以前任凭阿尔法·朋斯怎么叹气，曼多斯怎么殷勤，我都无动于衷，我过着愉快恬静的生活；后来你碰巧从那林子旁路过,我们就会面了。那时我虽然心情烦乱,我却能看出你答应帮忙完全是一片诚心。后来你把两个怒不可遏的情敌分开了,我对你的机智和勇敢立刻产生了很好的印象。当然你提出的和解办法是使我不高兴的;我怀着很大的苦痛情绪才决定从他们两人中间挑一个;然而,不瞒你说,我相信就在那时候你已经是使我不愿意选他们的一个原因了:因为在我迫不得已口里叫出唐法德利克的名字的时候,我觉得心里是向着你这个陌生人的。从这天起,我就很尊重你,刚才你向我说出了心里的话,我对你的为人就更加器重。

"'现在我也不隐瞒我对你的感情,'她接着说,'我坦白地告诉曼多斯我不爱他,我也要同样坦白地向你说明我对你的感情。一个女人如果不幸爱上了一个不爱自己的人,她可能有理由把心里的话不说出来,这种永远的沉默至少也可以算是一种报复;但是对一个对自己好的人,我相信是可以毫无顾虑把自己纯洁的感情表露出来的。你爱我,我有说不出的快活,我感谢上天,无疑,我们是为了互相爱而生的。'

"说完这话,这位太太停下来,让唐璜讲话,使他有机会表现他奔放的热情和对她的感激;但是他听了她的话并不显得很高兴,相反的他露出愁闷沉思的神情。

"'你这是怎么回事,唐璜,'她接着说,'我不顾女性的骄傲,把我的心剖给你看,这种情意另外一个人是会感到值得珍贵的,你应当恳切说出心里的高兴,但你却似乎并不动心!你是那样冷冷地一句话也不讲!我看你眼睛还有忧愁的表情。啊,唐璜,我一片好心不想在你身上竟引起这样奇特的反应!'

"'唉,夫人,'这杜雷德人凄伤地打断她说,'在我这样一颗心上它又能引起什么别的反应?你对我表露的感情虽然深,我心中的痛苦却更深。你不是不知道曼多斯是怎样待我的,你知道他和我中间是多么深的友情,难道我能忍心破坏他最甜美的希望,在上面来建筑自己的幸福?'唐娜戴奥杜娜说:'你也考虑得太多了一点。我并没有答应过唐法德利克什么;我可以对你好而不受他怨恨,你也可以接受我的好感,而不必觉得是从他那里抢来的。我承认你想到朋友的痛苦时是会有些难过的,

但是,唐璜,难道这会大得使你宁愿放弃那等待着你的幸福生活吗?'

"'是的,夫人,'他以坚定的口吻答道,'像曼多斯这样一位朋友在我身上的力量是比你想的要大的。假如你能想象我们这种友情是多么深多么有力,你会发现我的处境多么可怜!唐法德利克对我什么也不隐瞒;他把我的利益当作他的利益:只要与我有关的事,再小些也不会得不到他的关心;总起来一句话:他心里除了你就是我。

"'唉!如果你愿意我接受你的一片好心,你应当在我和他结成这样深的友情之前让我知道;能有福得到你的欢心,我就会只把他看作是一个情敌,任他对我表示什么友情,我的心也会提防,不会对他产生感情,那我也不会受他那么多的好处;可是,夫人,现在一切都晚了;我已经受了他给我的种种好处,也让自己对他发生了友情,我对他的友情和感激使我最后不能不忍痛放弃你答应给我的幸福生活。'

"唐娜戴奥杜娜眼里一直充满着泪水,听到这里就拿手绢去擦眼泪。这个动作使唐璜非常烦乱；他感到自己对朋友的忠诚已经有些动摇：他开始不能控制自己了。他连连叹气地接着说：'再见吧，夫人，再见吧，为了别做损德行的事我只有走掉：你的眼泪使我害怕，我受不了啦。我要永远离开你。残酷的友谊迫使我牺牲这样的幸福，让我一个人去哭泣吧。'说完这话，他依靠最后剩下的一点毅力，离开了她的家。

"在他走掉之后西范德夫人心中有千百种纷杂的情绪：向一个人宣布了自己的感情而又得不到他，她是感到羞耻的，但是她也知道他是深深爱着她的，不接受她的感情，只是为了成全朋友的幸福，她也是明道理的人，对这种罕有的为友情而作的牺牲，她当然不会生气而只会佩服。但不管怎样，希望的事情不成功时，人是无法不难过的，因此她决定明天就到乡下，去减轻心头的痛苦，其实她这样也许只能增加痛苦，因为孤独和寂寞很少使爱情减弱，多半是使它更加强烈。

"在唐璜这边，他回家没看见曼多斯，就回到房内把门关上，去尽情想他的心事。他想为朋友做了这样的事，让自己哀叹一下总是可以的；但唐法德利克马上就回来了，打断了他的沉思。从他脸上曼多斯看出他的情绪不好，心中非常着急。唐璜看见曼多斯很不安，为了安抚他的心，就对他说他只要休息一下就会好的。曼多斯走了出去，让他休息，但他出去时神情是那样凄伤，唐璜就更难过地想起了自己的不幸。他自言自语道：'啊，天啦，人世间最深的友情，为什么却给我造成了这样的痛苦？'

"第二天唐法德利克还没有起床，有人来报告说唐娜戴奥杜娜带着所有的用人回维拉瑞阿别墅去了，看样子短期内她还不会回来。这消息使他很难过，看自己喜欢的人离开是痛苦的，加上她离开得又那样神秘。他不知道该怎样揣想，只感到这里面有一种不祥之兆。

"他爬起身去找他的朋友，一则把这情况告诉他，一则也去问他身体怎样。可是他刚把衣服穿好，唐璜就走进房来，对他说道：'你别为我着急，我今天身体满不错了。'曼多斯答道：'这个消息不错，也是一个安慰，只是今天我接到了一个坏消息。'唐璜问他接到什么坏消息，唐法德利克把用人们支使出去后，对他说：'今天早晨唐娜戴奥杜娜到乡下去了,看来她要在那里待相当长一段时间。这使我很诧异,为什么她要瞒着我走?你怎么想,唐璜?你说我该不该吃惊?'

"唐璜注意别让自己说出内心的想法,只一心设法劝解他,说唐娜戴奥杜娜下乡可能并没有值得奇怪的地方。但他说出的理由并不能使他的朋友满意,曼多斯打断他说:'你这些话不能去掉我的怀疑,我疑心是做了什么使她不高兴的事,为了惩罚我,她连我的错也不屑指出就离开了我。

"'不管她走是什么原因,这样不明不白地等待着,我可受不了。走,唐璜,我们去找她;我现在去叫人把马备好。'唐璜说:'我看你还是单独去的好;这样的话是不应当有别人听的。'法德利克说:'你去是不碍事的,唐娜戴奥杜娜完全知道你是了解我心里的事的;她又很尊敬你,你去了不仅不碍事,而且还能帮助我平她的气,使她原谅我。'

"'不,唐法德利克,'他答道,'我去是没有用的。我求你一个人去。'曼多斯说:'不行,亲爱的唐璜,我

们得一道去，我希望你看在我们友情的分上答应我去。'唐璜带着痛苦的神情叫道：'你真是逼人！为什么要我做我不能做的事呢？'

"这句话唐法德利克是不懂的，而说的口气又那样不耐烦，真弄得他莫名其妙。他仔细地望了望他的朋友，说道：'唐璜，你刚才说的话是什么意思？我心里产生了一种多么可怕的怀疑！啊，你这样自己憋得难受，又使别人着急，也太过分一些。说吧！什么使你这样不愿意陪我去？'

"唐璜答道：'我本想瞒着你的，现在你这样逼我说，我也就不应当瞒你了。亲爱的唐法德利克，我们常常称赞我们中间的感情多深多协调，现在别这么说了，她这人太完美，那射中了你的箭，也没有饶过你的朋友。唐娜戴奥杜娜……'

"'那么你是我的情敌了！'曼多斯脸色发白地打断他说。唐璜说道：'自从我发觉我对她有感情之后，我就极力克制自己。我总避免和西范德夫人会面，为这件事你自己还责备过我；我虽说没有把感情完全消除掉，我至少把它克制住了。

"'可是昨天这位夫人派人告诉我,说她想和我在她家谈一谈。我去之后,她问我为什么似乎有意要避开她。我假造了许多理由,她都不同意。最后我不得已对她讲出了真正的原因。我指望我这样说出之后,她会谅解我避开她的苦心,谁知,也是我命里活该,她竟……唉,我该怎么说呢?唉,曼多斯,我应当告诉你,我发现唐娜戴奥杜娜对我也有好感。'

"尽管唐法德利克是世间最讲理,性情最柔和的人,听了这话,不由得一股怒气冲上心来,他打断了他朋友的话头,说道:'住嘴,唐璜,你与其把这可怕的情形再讲下去,不如拿剑刺进我的心里。你承认是我的情敌还不够,还要告诉我别人爱你!天啦!你告诉我的是什么心腹话呀!你就这样不顾我们的友情。可是友情,我该怎么说呢!你让自己产生了刚才说的那种对不起我的爱情,你就已经破坏了我们的友情了。

"'我错得多厉害!我以为你为人高尚有义气,结果你只是一个伪君子,你竟会抱有这种于我有损的爱情。

这个没料想到的打击我真受不了,更使我难以忍受的是这个打击是我的……'现在是唐璜打断他了:'我求求你,曼多斯,求你忍耐一刻;我不是伪君子,你听我讲下去,你会后悔不该用这样恶毒的字眼称呼我的。'

"接着他就讲出了西范德夫人和他谈话的经过,她如何恳切地说出自己的心意,如何劝他打消顾虑,一心顺从自己的感情。他把自己回答的话重复了一遍;曼多斯听说他对她态度这样坚决,他的怒气就慢慢消除了。'最后,友情战胜了爱情,'唐璜接着说,'我没有接受唐娜戴奥杜娜的感情。她气得哭了起来;但是,天啦!她的眼泪使我心里多难过!我一想那一刻的危险情况不由得我不发抖。我那时开始觉得自己无情,有一会工夫,曼多斯,我的心简直对你不忠实了。可是我没有向我的弱点屈服,我赶紧逃了出来,免得看这危险的眼泪。把这一关逃过是不够的,将来还值得忧虑。我应当赶快离开,我不愿再冒险和唐娜戴奥杜娜会面。我这样做之后,唐法德利克还会不会说我忘恩负义,说我不忠实?'

"曼多斯肯定了他一番话:'当然不。你是没有错的。

我现在明白了。求你原谅我,刚才我看到自己的希望全破灭了,一时冲动错怪了你。天!我怎么能希望唐娜戴奥杜娜常见到你而不爱上你?你的可爱之处我自己都禁不住要喜欢,何况是她?你是一个真正的朋友;我的不幸是命中注定,怪不得别人。我不仅不恨你,我对你的感情比从前更深。咳,你为我宁愿不要唐娜戴奥杜娜,为了我们的友情做出了这样大的牺牲,怎么,我能不感动?……你能克制你的感情,我就不能作一番努力克制我的感情吗?唐璜,你对我讲义气,我也应当同样待你;你顺从自己的感情,和西范德夫人结婚吧。我的心要疼就让它疼吧,我求你这样做。'

"唐璜答道:'你求我也无用。我承认我爱她很深,但你的平静比我的幸福更值得我珍重。'唐法德利克接着说:'难道唐娜戴奥杜娜的平静你就漠不关心吗?我们客观看一看,她是喜欢你的,这就决定了我的命运。为了成全我,你远远离开她去过悲惨的生活,你以为我的情形会比你好些吗?我到现在都没得到她的欢心,是永远也不会得到的了;天注定只有你有这福气。她在第一次碰到你的时候就爱上了你，她对你是天生有好感的；一句话，没有你她是不会快活的；你接受她给你的感情吧，这样，你遂了你自己的心，也遂了她的心。至于我，你由我去；如果一个人就能承受命运的严酷，就不要让三个人都不幸福。'"

阿斯莫德讲到这里，不得不停一下，这学生问他道："你跟我讲的这情节真使人惊异。当真有人有这种美德？我在社会上看到的人都是互相争风吃醋的，不要说为唐娜戴奥杜娜这样的女人，就是为一个不三不四的女人也会这样。当一个人爱自己，自己也爱这个人时，难道为了不使朋友痛苦，就能把自己爱的人舍弃掉吗？我看这样的事只有在小说中才会有。"魔鬼答道："我同意这种事是很稀有的，但也不是单在小说中才有，在人间也是有的；自从那次洪水之后，我就看见过三个这样的人，这一个还不算。现在咱们还是接着讲这故事吧。

"这两个朋友还继续争着要放弃自己的爱情，谁也不肯接受对方的牺牲；有几天的时间，他们对唐娜戴奥杜娜的爱情简直处于停息的状态。他们不再谈她的事；连她的名字他们也不敢再提。可是，尽管在华伦斯城里，爱情给友情压倒了，在另一处，它却像在报复似的施展着威力，使人毫无抵抗地顺从它。

"唐娜戴奥杜娜这时正在海边的维拉瑞阿别墅中给爱情折磨着。她不停地想念唐璜，尽管他已对她表明过自己对唐法德利克的友情，她明知道嫁他已没有希望，她仍不能完全放弃这个想法。

"有一天，太阳已经落了山，她正和一个女用人在海边散步的时候，看见海中有一只小船向岸边驰来。开始，她觉得里面有七八个面目凶恶的人，等船逼近一些她仔细看了一看之后，断定自己把假面具看成了人脸。的确，船上是一些戴假面具的人，手中都拿有宝剑或短刀。

"看了这情况她打了一个寒战，他们正准备登岸，上岸后绝不会干什么好事，她忙回身往别墅里走。她不时回头看看他们，只见他们已经登陆，向她赶了过来，她急忙死命飞奔；但是她并没有阿塔兰忒①的本领，而这

---

① 阿塔兰忒是希腊传说中的女子，能跑善射。

些戴假面具的人又身强力壮,到了别墅门口时他们已赶上了她,把她截住。

"这时,她和陪伴她的姑娘高声喊叫,几个用人跑了出来,看了这景况忙喊全院的用人来救主人;一时间唐娜戴奥杜娜的男用人都拿着棍子叉子迎了上来。戴假面具的人中,有两个身体最壮的,把这位夫人和跟随她的姑娘抱起,不顾她们的挣扎,向小船跑去;另外的一些人留在后面应付紧紧逼过来的用人们。这场战斗继续了不少时间,可是这些戴假面具的人最后还是顺利完成了他们的计划,他们且战且走回到了小船上。应该开船了,但他们的人还没有完全上船,这时只见从华伦斯城那个方向来了四五个骑士,他们催马飞奔,好像要来援救唐娜戴奥杜娜似的。看到这情况,他们急忙开船,那几位骑士赶得再快也已经没有用了。

"来的骑士正是唐法德利克和唐璜。唐法德利克接到一封信,说从可靠方面探悉,阿尔法·朋斯现在在马若克岛上,装备好一艘大船,又招募了二十来个亡命之徒,打算等西范德夫人一回别墅就把她掳走。接到这消息,唐璜和他立刻带上他们的随从，离开华伦斯城，预备把这一消息告诉给唐娜戴奥杜娜。他们远远就隐约看见海边上有相当大一群人在厮斗，心想这一定是他们害怕的事发生了。他们死命催马过来，打算不让阿尔法的诡计得逞，可是不管他们多么使劲，他们到海边时已经晚了，眼睁睁看见人把他们要救的人掳走。

"在这个时候，阿尔法·朋斯因为冒险成功非常得意，他带着掳来的人，离开了海岸，把小船向停在海心等待他们的一艘大船驰去；而曼多斯和唐璜则难过到谁也不可能想象的程度。他们大骂这抢人的匪徒，又向天呼号，那样子很惨，但已经没有用了。唐娜戴奥杜娜的用人们，看了他们这样的情况，也禁不住唉声叹气。整个海岸边都回荡着他们的叫声：愤怒、绝望、悲痛统治着这一段凄迷的海岸。当年海伦①给抢走时，在斯巴达朝中怕也没有引起这样低沉的情绪。"

----

① 海伦为荷马史诗"伊利亚特"之中主要人物，照史诗所述，她为斯巴达公主，美丽绝伦，后随特洛亚王子帕里斯私奔，引起特洛亚之战，相持多年。

第十四章

一位喜剧家和一位悲剧家的冲突

听到这里时,这位学生止不住打断魔鬼说:"阿斯莫德先生,你讲的故事虽说非常有趣,我却禁不住想知道我现在看到的是怎么一回事。在一间房间里我看见两个人,穿着衬衣,互相扼住喉咙,扯住头发,另外有几个穿睡衣的人在一旁忙着想把他们分开。"

魔鬼答道:"你看到的那穿着衬衣互相扭打的是两位法国作家;在旁边排解的是两个德国人,一个法朗得人和一个意大利人。他们都在这家单接待外国人的旅馆里住;这两位作家中一位是写悲剧的,另外的一位是喜剧家。头一位因为想到西班牙观光一番,就随法国大使来到这里;另外这位,因为对自己在巴黎的境遇不满,就到马德里来寻求更好的机运。

"这位悲剧家是位少有的滑稽人物,读古书把脑筋都读坏了。你要知道读古书能使人成为伟大人物,也可以使人成为头号呆子。为了使文思不衰,这位作家整天创作;今天夜里睡不着觉,他就开始撰写一个从伊利亚特中取材的剧本。他写完了一场;由于他和别的诗人一样,有一种不顾人死活抓住人就逼他听自己朗诵作品的毛病,这时就站起身,穿着衬衣,拿着蜡烛,去使劲拍那正在睡乡中的喜剧家的房门。

"这位喜剧家给拍门声惊醒,起来忙去开门;进来的是那位悲剧家,样子活像魔鬼附身似的,对他说道:'跪下,朋友,快在我脚前跪倒,来拜见我这位墨尔波墨涅① 都尊崇的天才。我刚写出一本诗剧……唉,我这是什么话,写出来的诗剧?不,这简直是神来之笔。要是在巴黎,我今天要挨家挨户去念我的剧本。等天一亮我就去找大使先生和在马德里的所有的法国人,让他们被我的诗句倾倒。现在在我还没有给别人念时,先念你听听。'

---

① 墨尔波墨涅为希腊神话中的悲剧之神。

"这位喜剧家死命打了一个大呵欠，答道：'你能这样另眼看待，我不胜感激。所抱歉的是你来的时间不好，我睡兴正浓，在听你朗诵大作时保不住不入睡乡，还望你不要见怪。'悲剧作家说道：'啊！这个我倒保得住：就是你是死人，一听我刚才写出的那一个剧本也能活起来。我的作品不是那种庸俗感情和陈腐词句靠硬凑韵脚拼成的东西；它是笔力雄劲感人心灵的诗。有些低能的诗人和一些才情有限的作家，单把自己脑中的一些贫乏可怜的东西拿出来问世，而我却不然，我的材料都是从伟大作品中来的，我敢说我的悲剧中所包含的思想没有哪一点不是从这位或是那位大师那里来的。可也不能因此就说我是剽窃古人的作品。我之所以这样，完全是因为我饱读沙福克利斯、悠里庇底斯、荷马及品达等人的作品，久而久之受这些大师潜移默化的结果；也可能是在我出生的时候，幸福之神在我身上注满了他们这种才情的缘故。总之，万一将来有了新的灾难，他们的作品不幸失传，人们会在我的作品中发现他们。这一点等一会你自己判断好了。

"'这就是我写的悲剧:帕特洛克罗斯之死①。第一场出场的是布里塞伊斯得和阿喀琉斯掳来的另一些女人;她们都捶胸抓头,表现出帕特洛克罗斯之死给她们造成的悲恸;她们痛苦不堪,在忧伤的压抑下都倒在台上。这景象是很新颖动人的。阿喀琉斯的先生福尼克斯也和她们在一起,他开始以下面这段诗引出了序曲:

> 普里阿摩就将失掉他的儿子赫克托和他那座名城,
>
> 人们在准备为阿喀琉斯的同伴报仇雪恨,
> 满天的冰雹人们都视若无睹,
> 但只见刀枪盔甲
> 在空中闪闪发光,
> 所有的希腊人都发誓替帕特洛克罗斯报仇雪耻:
> 这里有高傲的阿伽门农,有圣明的卡米勒斯,
> 如神一般的涅斯托,勇猛的欧墨罗斯,

---

① 特洛亚战役中阿喀琉斯因与主帅阿伽门农不和,退出战役,后来他的好友帕特洛克罗斯战死,阿喀琉斯才重新投入战斗,为好友报仇。

还有那枪法纯熟的莱文特

 强壮的狄俄墨得和善辩的于利斯。

阿喀琉斯这位英雄已准备停当,

已经驱策他几匹勇猛的神马向伊利翁推进。

尽管这些马跑得比风还要迅速,

但他还要向它们大声疾呼:

波塔吉的优良品种的马呀,桑杜斯啊,

 巴里厄斯呀,前进!

等我们杀人杀得烦腻,

等逃走的特洛亚人都回来的时候,

你们赶快回营,

但是不要把阿喀琉斯抛弃!

桑杜斯低下头这样回答:

阿喀琉斯,你的战马会使你满意;

他们会照你的意志前进,

但是你死的时刻也即将来临……

智慧之神使战马说出了这样的话……

这时阿喀琉斯的战车奔走如飞;

> 看见他时希腊人都齐声欢呼,
> 欢呼声震动了特洛亚城的四周。
> 这王子穿了魏尔岗的甲胄
> 比晨星更显得光辉灿烂,
> 像早上的太阳刚升到天边
> 向世界射出了他的光芒,
> 像暗夜里的山头上
> 村民们燃起的篝火一样。

"念到这里这位悲剧家说道:'我停一停,让你歇一口气;要是我一气把这场念完,里面无数的妙言佳句一定会使你透不过气来。你只看看这比喻,是多么美又多么恰当:像暗夜里的山头上村民们燃起的篝火一样……这在一般人是感觉不出来的;可是你是才智出众的,一定会为之倾倒。'这个喜剧作家带着讥讽的神情笑一笑说道:'我的确是这样;没有东西比这再美了。我相信忒提斯在帕特洛克罗斯尸首旁给它赶苍蝇一段你在你这悲剧中一定也会写到。''那是自然,'悲剧家答道:'这是我剧本中最宜用华丽的诗句描绘的部分。'

"他接着说：'你可以看得出来，我所有的作品都多么富有古色古香的情调；另外，在我朗读着的时候，应当可以想象人们会怎样喝彩！我每念一句就停一停，好来接受别人的赞美。我记得有一次在巴黎，我在某人家里朗诵我的一本悲剧。伟大的维叶·布吕纳伯爵夫人也在场；她是有深刻细腻的鉴赏力的；从我念第一场起她就感动得热泪纵横。'

"听了这话喜剧家不由得哈哈大笑，他说道：'啊！这位伯爵夫人我也认识。她是对喜剧特别反感的太太；她是那样讨厌喜剧，平常只要主要部分一演完她就走出包厢，以便消掉心中的闷气。但悲剧却是她热爱的：不管这剧是好是坏，只要里面有为爱情受苦的人，就一定会感动这位太太。说句老实话，如果我要写悲剧，我可不稀罕她这样的赞赏者。'

"悲剧作家忙说：'啊！赞赏我的还有别人呀！有学问有修养的人都是称赞我的。'

"喜剧家反驳道：'我却宁愿受到观众的称赞。'另外那位说：'喊，我写剧本才不是为观众哩，我只是为那些博学之士和朝中的贵人。那些观众要是有自知之明就好了。我的诗格调太高,他们不配判断。让他们对喜剧去作威作福吧,那倒还是他们能力之内的事。喜剧是不足道的东西,是人脑筋里的可怜的产物……'

"'慢一点,我的悲剧家先生,'另外那作家打断他说,'请你慢一点!你不觉得你是太激动一点了吗?你竟然以这样藐视的口吻谈喜剧!你难道以为喜剧不及悲剧难写吗?你以为使善良的人们笑比使他们哭容易吗?别这样骗自己。应当相信写一个讽时喻世的小巧题目并不比写一个最宏伟的题材省力。'

"'啊,当然,'这位写悲剧的诗人带着揶揄的口吻叫道,'听你这样说话我真觉得有趣。好吧,卡里达斯先生,为了避免争吵,我过去怎样看不起你的作品,我今后要同样程度地去尊重它们了。'喜剧家赶忙答道:'朗吉克里斯先生,你看不起,我才不在乎。你这种傲慢神气想也是在伟大作品中学来的;为了回敬几句,我也要说一说我对你作品的看法。你刚才念的那段诗简直是荒谬可笑;那里面的内容,尽管是从荷马作品里来的,并不因此就不索然无味。阿喀琉斯和他的那些战马说话，他的战马答他的话，这场面是庸俗已极，那山头上村民燃起的篝火那个比喻也是一样地无聊。像这样抄袭古人的作品，是谈不上为古人争光的。在古人作品中有些美的东西是历代都珍重的，有些已经在历史中变得过时，你把这两种没有分开。你描绘远古的风俗时尚，一点没想到去适应我们这个时代的细腻的心理情况。你的那些希腊作家的确有许多东西是使人佩服的；可是应当有才智和鉴赏力来判断里面哪些可学哪些不可学，而这你却没有。像你这样一类硬搬古典把自己弄得滑稽可笑的人，和伟大的拉辛之间的差别就在于此.'

"朗吉克里斯答道：'你才力不足，不能看出我写的诗的优美之处，你这样不自量力批评我的剧本，为了惩罚你起见,后面的我就不念给你听了。'卡里达斯答道：'听你念第一段对我已经是够大的惩罚了。看不起我的喜剧的也只有你这种人！告诉你，我写得最坏的剧也比你写得最好的剧高明。要知道信笔所至在人的感情上大做文章比描绘现实中微妙可笑之处容易得多。为了证明我对

我说的话深信不疑，我愿意告诉你，如果我回法国，在喜剧创作上我不能成功，我将降格去写悲剧。'

"这位怒不可遏的悲剧家打断他说：'一个写滑稽剧的居然这样大言不惭。'喜剧家说：'一个可怜的低能诗人竟然这样高傲自大。'朗吉克里斯说，'你也太傲慢无礼，如果不是在你房里，我的小卡里达斯先生，事情会发展得使你得到教训，不敢再不尊重悲剧。'卡里达斯答道：'我伟大的朗吉克里斯先生，请你不要这样多虑。如果你想挨打，在这里和在别处一样，我都可以伺候你的。'

"说着这两个人就抓头发扼喉咙扭打起来，两人的拳头都不留情。一位意大利人在隔壁房间里住，他们的谈话他都听见了；现在听到这两位作家扭打的响声，他想一定是他们动起武来了。他虽说是意大利人，对他们倒也同情；他忙起身喊人帮忙。一个法朗得人和两个德国人就同他一道去解劝那两位扭打的人。你看见的穿睡衣的人就是他们。"

"这是一场很有趣的冲突，"唐克列法斯说，"从我看到的这情形看来，在法国悲剧家是自以为比喜剧家地位高的。"阿斯莫德答道:"的确是这样,悲剧家相信自己比喜剧家高,相信悲剧中的英雄比喜剧中的小人物高。"这学生答道:"他们这种高傲是没有根据的;难道写悲剧比写喜剧难吗?"魔鬼答道:"那当然不见得。我对这问题是这样看的。一个有才能的作家要花很大的气力才能想好一个优秀喜剧的情节,而设计一个最好的悲剧的布局反要省力一些。至于具体写的时候,悲剧本身题材的卓越就能使作品生色,也易于激发思想;一个人只要有清楚的头脑,就能写出现时在法国出现的那种悲剧,而要写出现在在法国很成功的那种喜剧,光凭清楚的头脑还不行。一句话,宏伟的题材给作家提供了一切,而小题材却一切都向作家要求。"学生说:"照你这看法推论,我可以这样说,如果悲剧在名义上比喜剧高明的话,悲剧作家却不及喜剧作家,这也算各占一头。"

"好了,咱们别闲扯了,"魔鬼说,"让我接着讲刚才给你打断的那个故事吧。"

第十五章

"友情的力量"这故事如何发展,如何结局

"唐娜戴奥杜娜的男仆们虽然没有把主人救回来,他们和敌人战斗得还是很勇猛的,这种抵抗给阿尔法·朋斯的人造成了很大的损失。他们有好些人受了伤,而且还有一个伤势重得无法跟他的同伴回去,他像断了气似的躺在沙滩上。

"大家认出这倒霉的人是唐阿尔法的男仆;看到他还有一口气,他们把他抬到别墅里,想了一切办法使他苏醒;这人虽然血失得很多,身体非常虚弱,到底还是醒了过来。为了让他说话,他们答应只要他说出他主人要把唐娜戴奥杜娜带到哪里,他们就可以救他的性命,并且不把他送到官厅去。

"照他这时身体的情况看这种照顾已经不需要了，但听了这话他仍然很高兴；他拼着最后的一点气力，用微弱的声音证实唐法德利克得到的消息是可靠的。他还说唐阿尔法有意把西范德夫人带到萨旦尼岛的沙沙里去，那里他有一个亲戚很有权势，他相信这人是一定会庇护他的。

"这些话使曼多斯和唐璜的忧烦减轻了一些。他们让这受伤的人留在别墅里——这人几个钟头之后就死掉了——他们自己则动身回华伦斯去。在路上他们想应当采取什么办法，最后他们决定去追寻他们的敌人。他们两人也不带随从，立即在德尼亚上船，前往玛文港，他们相信在那里一定会找到去萨旦尼岛的机会。的确，他们一到玛文港，就打听到有一只货船马上要开往卞格里亚雷，他们就搭上了那只船。

"开船的时候是顺风，可是五六小时之后风就停息住，夜里风向竟然完全掉过来了，船不得不逆风而行；大家希望风向会变，可是一连三天仍然是那样情形。在第四天夜里两点钟，他们发现一只船张着帆对直向他们驰来。

开始他们还以为这是一只商船;但看到船上有炮,又没有挂旗子,他们就断定这是一只贼船。

"他们没有想错:这是一只突尼斯的海盗船。这群海盗以为这些基督徒是会不战而降的;但看见对方把帆扯开准备开炮,他们就知道情势严重,也停船扯帆准备战斗。

"两边开始发炮了,一开头基督徒们似乎略占优势;可是这时来了一只阿尔及利亚的匪船,船身比另外两只都大,它参加到突尼斯匪船那边去。这船张满帆向西班牙船开来,把它弄得腹背受敌。

"看了这景况,基督徒们失去了勇气,这样敌我悬殊的战他们不愿意继续打,因此停止射击。这时在阿尔及利亚船的船尾上出现了一个俘虏,他以西班牙语向这边喊叫,说基督徒们如果想活命,就把船往阿尔及利亚开。他喊过之后,一个土耳其人拿了一面镶着银色月牙的绿色绢旗,升到空中。基督徒们知道抵抗已经无用,也不再做这种想法,这时自由人沦为奴隶时的苦痛情绪笼罩了全船人的心。船长恐怕再拖延一刻会使那些残酷的征服者发怒,就忙把船尾的旗帜取下,带着几个水手,跳入小艇,向那阿尔及利亚贼船划去。

"海盗派了一批匪徒到西班牙船上来,把里面所有东西都抢走。那突尼斯贼船也下了同样命令,派了一些人到船上来。转瞬之间西班牙船上所有的旅客都给抢得什么也不剩了,然后他们给押到阿尔及利亚贼船上,由两帮海盗平分。

"如果曼多斯和他的朋友能分到一个贼船上,那多少也是一种安慰:两人共一条链子,会觉得链子轻一些。但是命运却像要显示自己的严酷似的,让唐法德利克被分到突尼斯贼船上,唐璜被分到阿尔及利亚贼船上。你可以想象这两个朋友眼见着要分开,心中是多么难过。他们跪倒在海盗前,要求别让他们分开。可是这些海盗,看到什么可惨的景象都不会心软的,当然不答应他们的要求。相反的,看见这两个俘虏像是有地位的人,可以指望得到大量的赎金,他们就越发坚决地彼此都想多分一个俘虏。

"曼多斯和唐璜看见打不动这些残酷的心,就相互望着,眼中流露出无限的苦痛。等所有的赃物都已分完,突尼斯海盗就要带着分得的俘虏回到自己的船上去时,这两个朋友痛苦得简直不想活了。曼多斯走到唐璜跟前,紧紧把他抱住说:'我们难道就这样分开?多么可怕的命运!让一个匪徒干了坏事不受惩罚还不够,连我们两人在一起伤心难过的机会都不给。啊,唐璜,我们做了什么事,使老天爷对我们这样无情,这样恼怒?'唐璜答道:'我们受这屈辱的原因就不要在别处找了,一切都只能怪我。我一手杀死了两个人,这在人们眼中看来虽然可以原谅,但天公却不能不恼怒;我是一个该受天谴的罪人,而你却接受了我的友情,因此你也一并受到惩罚。'

"这样说着的时候两人都流下泪来;他们哭得这样伤心,人们在为自身的不幸难过的同时也为他们非常难过。可是那些突尼斯匪徒比他们的头领还横暴,看见曼多斯不想离船,就凶狠地把他从唐璜身边抓过来,拳打脚踢地拖了出去。他临走时喊道:'别了,亲爱的朋友,我们再也见不着了!这些匪徒预备给我受的罪都算不了什么,只是唐娜戴奥杜娜的仇还没有报。'

"唐璜听了这话也没有回答:因为他看见朋友受这种

虐待，一阵心痛，什么话都说不出来了。故事讲到这里，我们须得继续讲唐璜的事，因此唐法德利克上突尼斯船之后的情形只好暂时不谈。

"阿尔及利亚贼船这时忙开回本国，到达之后，他们把新房来的人带到总督府，从那里又照例发配到市场上去出卖。总督麦索莫德的一个官员替他主人将唐璜买下来，派到总督姬妾的花园中去干活。这项工作对一个公子哥儿来说虽是很重，但他却非常欢喜，因为这工作使他能单独待着，这样他就可以尽情去想他的心事，这是他最希望的。他整天不停地想着，心里不仅不想法摆脱那些痛苦的回忆，而且还仿佛在追想这些景象时能得到快乐似的。

"有一天，他在干活时唱了一支很凄伤的歌；恰好这时总督在园中散步，听了非常奇怪，走过来，问他叫什么名字。唐璜答称他名叫阿尔法。在进总督府时，他想还是照一般俘虏的习惯改个名字的好，由于他整天想着阿尔法·朋斯抢唐娜戴奥杜娜的事，这名字比别的名字更容易到口边来，他就改了这个名字。麦索莫德的西班牙文还不错，就问了他许多关于西班牙习俗的问题，特别是问他在那里男人们应当怎样才能取得女人的欢心；对这些问题唐璜都很好回答，结果总督非常高兴。

"他对他说：'阿尔法，我看你为人聪明，我相信你不是一个普通的百姓；但不管你是怎样一个人，你很幸运能讨我欢喜，我有心把你当作心腹人看待。'唐璜听了这话忙匍匐在总督脚前，把他的袍子的一角放到自己的嘴边、眼前和头上，然后站起身来。

"麦索莫德接着说：'现在我就要对你说些心腹话了。你知道我后宫里有无数欧洲的美女，这里面有一个简直是世上无双的人物，我相信就是我们的皇帝陛下的后宫里也不会有这样十全十美的美人，尽管他的船每天从世界各地给他送美人来。这位美人的脸像彩霞，她的腰肢就像耶朗园中的蔷薇梗。你看我简直给她迷住了。

"'可是这位人间的尤物，世上少有的美人，心里却怀着深重的忧愁，时间不能减轻她的忧愁，任凭我怎样爱她也不能把她的忧愁消掉。命运把她已交给了我，但我的心愿却没有能达到；像我这样地位的人总是贪图肉体的欢乐的，可是我却极力控制自己，我希望真正赢得她的心。看我对一个基督教俘虏这样尊重，就是一个最低下的回教徒也会感到可耻的。

"'可是我这种爱护只使她更忧伤；她是那样顽固不化，最后我已经开始感到厌烦了。任何人当俘虏，悲痛都不会有她这么深；要是别的女人，只要我和蔼地望两眼，她们的难过就马上会过去。像她这样伤心个没完真使我受不了啦。不过，在我发脾气之前我还想做最后一次努力：我想让你帮我劝劝她。她是基督徒，和你又是一国的人，她可能会信赖你，你劝解起来可能比别人有效。你可以向她夸耀一下我地位多高财富多大，告诉她我必要时会给她尊荣，甚至有一天她还可以指望做总督夫人；你对她说我把她看得很重，就是皇帝陛下要把公主许配给我，也不会受到这样的尊重。'

"唐璜再一次伏在总督面前；他尽管对这差事并不高兴，仍然对他说他要尽心尽力去办。麦索莫德答道：'行了；别干你现在的工作了，跟我走吧；我要破例让你和这美丽的俘虏单独谈谈。可是不要辜负我对你的信任：

如果你胆敢那样，我要用土耳其都没见过的刑法来惩罚你。你快想法去消除她的忧愁吧；记住，只要我的烦恼一结束，你就可以获得自由。'唐璜放下他做的事，跟着总督进府里去；总督先走一步，去安排让这悲愁的俘虏接见他的使者。

"这美人由两个俘来的老婆子看守，他一进来，她们就退了下去。这美丽的俘虏很尊敬地招呼了他一下；可是这时，和每次见到他时一样，她止不住浑身打冷战。这一点他也看出来了；为了使她安心，他对她说：'我的美人，我来这里只是要告诉你，在我的俘虏当中有一个西班牙人，你也许高兴和他见见面。如果你愿意，我可以允许他和你谈谈，甚至单独在一起谈。'

"这美丽的俘虏答应说愿意，总督就说：'我去喊他来，但愿他的话能减轻你的愁闷。'说完这话他走了出去；看到唐璜走了过来，他低声对他说：'你可以进去了；等你和这美人谈完之后，就到我房里来报告谈话的经过。'

"唐璜走上前来，把门推开。他向那女人打了一个招呼，但并没有注意望她；那女人听了他的问好也没仔细向他看;等两人面对面一看时,他们就又惊又喜地叫了起来。'啊,天!'唐璜走近她说,'这是不是我眼花看错了人?难道我面前当真是唐娜戴奥杜娜?'那美丽的俘虏也叫道:'啊,唐璜,是你在和我讲话吗?''是呀,夫人,'他温存地吻了吻她的一只手说,'和你说话的正是唐璜。看到你我真高兴,眼泪都流出来了;只有看到你我才这样激动;我时时为你祷告现在终于和你遇到,从今以后我不再埋怨命运了……不过我这样高兴有什么好处?我忘了你是被俘的人了。你怎么会不幸落在他们手里的?你是怎样从唐阿尔法这样一个无法无天的人手中逃出的?唉,想起他我真难过,我真怕老天没有能帮助你保护住自己!'

"唐娜戴奥杜娜说:'天给我报复了阿尔法。要是时间够,我要给你讲一讲……''时间多着哩,'唐璜打断她说,'总督允许我和你谈谈,他还允许我单独和你谈,这一点你觉得奇怪吧。这样好的时机我们应当利用:你把从你被抢走到现在所遭遇的一切都讲给我听吧。'她说道:'哎,谁告诉你是阿尔法把我抢走的?'这时他就把他们如何得到消息，如何搭船追寻仇人碰到贼船的事给她简略地讲了一遍。他讲完之后，唐娜戴奥杜娜就开始讲自己被抢走后的经过。

"她说道：'当时自己给一群戴假面具的人抢走，我那惊恐的程度也就不必说了。我在那抢我的人怀里失去了知觉，等好久以后我醒来时，我发现自己和女用人绮奈丝被人单独搁在一个小房间里；这是船尾的一间小房，船正扬着帆在大海上行驶。

"'这时可恶的绮奈丝开始劝我忍耐，从她的话里我可以听出她和抢我的匪徒已经是通同一气了。在我们说话的时候匪徒竟大胆走了进来，他跪在我脚前说道：夫人，请宽恕我阿尔法用这样手段得到你；你知道我是多么爱你，在你决定选唐法德利克之前，我多么热情地和他争着赢取你的欢心。假若我对你只是普通的情感，我也会能把它克制住，安心受这苦痛；可是我命中注定要爱你到底：不管你怎么看不起我，我还是不能逃出你的魔力。可是我这样猛烈爱你你也不用害怕：我绝不会用卑鄙的手段逼迫你，让你的节操受到危险；我的意思是带你到一个隐居的地方去,让神圣的感情把我们的心永远连在一起。

"'他还说了好多话,这些我都记不得了;听他这说法,就好像他逼我和他结婚并不是恶毒的行为,我应当把他看作是个热情的爱人,而不应当把他当作一个野蛮无耻的匪徒。在他说着的时候,我只是伤心地哭泣;他看一时不能把我劝好,就不再白费时间,走了出去。在离开时他向绮奈丝做了个手势,我懂得他是要她帮着替他解释。

"'她的确这样做了;她甚至对我说,在被人抢来之后我只有嫁他一条路,不管我怎样讨厌他,因为只有做出这样的牺牲才能保住名誉。她这种说法不是劝慰我,只是让我看出我非接受这可怕的婚事不可,我这时自然越发伤心。正当绮奈斯不知再说些什么好的时候,忽然我们听见甲板上一阵嘈杂。

"'唐阿尔法的人这一阵乱是因为看见一艘大船扬着帆向我们驶来的缘故。由于我们的船不及那只船大,要逃掉是不可能的。这船越来越近了,一会,我们听见有人喊叫：过来，过来！可是阿尔法·朋斯和他手下的人都宁愿死掉不愿投降，他们不顾危险，要和敌人硬拼。这一场战斗非常猛烈：详细情况我也不多讲；我只告诉你唐阿尔法和他手下的人在硬拼之后全都死掉了。我们呢就被人带到那只大船上去。这是一只麦索莫德的船，船长是他的一个官员名叫阿毕·阿里。

"'阿毕·阿里惊奇地望了我半天，从我服装上他看出我是西班牙人；他用卡斯迪语对我说道：别这么伤心，不要因为被俘虏了就这样难过，这种不幸是无可避免的；唉，我这说的是什么话，这不是不幸，这是值得你庆幸的一件好事。像你这样美，基督徒不配崇奉你；天不是为那些卑贱的俗人生你的，只有回教徒才配得过你。我打算把船立刻开回阿尔及利亚去，哪怕我没有得到别的收获，我相信我的总督大人对我这趟出海也会感到满意的。我这样赶急地把这样一位美人交到他的手里，他是绝不会怪我性急的。我敢说你这位美人一定会成为他的宠姬，成为他后宫中最出色的人物。

"'他这话让我知道等待我的是怎样可怕的命运，我就哭得更加厉害。阿毕·阿里对我伤心的原因另有看法，就对我只是发笑。船顺着风往阿尔及利亚开；这时我心中有说不尽的痛苦：一时我向天哀祷求天救我，一时盼望有基督徒的船前来袭击，或是让浪涛把船吞掉。后来，我又希望我的痛苦和眼泪会把我弄得十分难看，使总督看了只觉得可怕。最后我们到达了港口，我给领进总督府，来见麦索莫德。

"'我不知道阿毕·阿里在把我介绍给他主人时说了些什么，他的主人怎样回答我也不清楚，因为他们说的是土耳其话；可是从这总督的目光和手势中，我看得出我不幸引起了他的喜爱；后来他用西班牙语和我说的话也证实了我的看法，使我陷入绝望的境地。

"'我跪倒在他脚前，答应他要多少赎金我都可以给，我愿把全部家产拿给他，但这都没有用，他说他把我看得比全世界的财富都重。他命人给我准备了这座全宫中最华丽的房屋；从那一刻起，他一直没停地想方设法解除我的愁闷。他把所有能弹会唱的男女俘虏一个一个叫来给我开心。为了怕绮奈丝在跟前会招引我更忧伤，他把她遣走，让两个俘来的老婆子伺候我，她们整天不停地向我讲老爷多么喜欢我，以后我会有那种快乐。

"'但是所有这些给我解愁消闷的办法都只使我更加烦恼：什么也不能消除我的痛苦；这宫里每天都听得见被虐待的无辜百姓的喊叫声。在这地方作俘虏，失去自由还在其次，最使我感到可怕的是这总督的令人厌恶的求爱。虽说直到今天他表现得还是一个和蔼有礼的人，但我害怕他一旦烦腻，不愿再这样讲礼拘束自己，就会滥用威权来强行无礼。这个忧虑无时无刻不在折磨我，每一个时刻对我就像是一个新的苦刑。'

"唐娜戴奥杜娜不等说完就已泪如雨下。唐璜心里很难过，对她说道：'夫人，也难怪你把将来的情况想得这样可怕；我也是同你一样忧烦。这总督说不定什么时候就会翻脸；他爱情得不到手，那假温存的脸孔马上就会扔掉；这一点我很清楚，我能看出你处境的危险。

"'不过，'他转换了口气接着说道，'眼看着这种情况我是不会不管的。尽管我是个俘虏，一朝拼起命来也还是可怕的。不等麦索莫德损害你，我就要在他胸前插进……''啊，唐璜，'唐娜戴奥杜娜打断他说，'你想的什么冒失办法？可千万别这样做。这样把他杀死，天呀，你会得到什么可怕的后果！那些土耳其人难道不会报复？世间最残酷的刑罚……啊，我想起就不能不打战！而且，你冒这样大的危险是不是多余的呢？你把总督杀死能恢复我的自由吗？天啦，我只会被卖给一个比麦索莫德更无礼的坏蛋。主啊！我只有靠你做主了！主啊！你是知道那总督的野蛮想法的，你既然不允许我自杀死掉，就得阻止他们犯你所不容许的罪行！'

"唐璜答道：'夫人，天会阻止他们这样做的；我现在已经感到天已给了我一种启示：我心里这一刻想到的主意一定是天赐给我的。总督让我和你见面是为了劝你接受他的爱情。一会我得回去向他报告我们谈话的经过，那时我当然不说老实话。我要告诉他你不是没有希望劝好的；他对你的态度已经使你的痛苦开始减轻，如果他能继续这样做，他就会得到他希望的一切。你也要从你这方面尽一点力；等他来看你的时候，你要显得不像往常那样悲痛，要装出对他的话有几分兴趣的样子。'

"'哪能勉强做这样的事！'唐娜戴奥杜娜打断他说，'一个真诚正大的人哪能装假装到这个地步，而且忍痛这样做又有什么好处？'他答道：'总督看你有了这种改变，一定很得意，他会继续对你好，来取得你的欢心：在这时间内我就可以想办法使你脱离虎口。我承认这事是难办的；但是我认识一位主意多的俘虏，我想他若能出些力，对于这事是不会没有帮助的。

"'现在我走了，'他接着说，'这事得赶快办；我们回头再见。我这就去找总督，我要编些话来稳住他的急躁情绪。夫人，你也准备和他会面：尽量装出另一副模样；尽管他讨人厌，看他时眼睛里还是别露出愤恨和严酷的表情；你过去一直老是为自己的不幸长吁短叹，现在可得说出一些使他高兴的话；不要顾虑对他表现得太好了；现在什么都答应给他只是为了使他什么也不能得到。'唐娜戴奥杜娜答道：'行了；既然灾难临头逼着我不能不这样，我就照你说的做。去吧，唐璜，去想一切办法让我结束这俘虏的生活；我的自由如果是从你手里得来的，我会加倍的快乐。'

"唐璜依照麦索莫德的吩咐，到他那里去报告情况。这总督满怀激动地问道：'嘿，阿尔法，你给我从那美人那里带来了什么消息？你是不是把她劝得愿意听我的话了？如果你告诉我她那无情的烦恼是无法劝解好的，那我就要指着我的主公皇帝陛下发誓，我过去好言相劝不能得到的东西，我今天要去强迫她给我。'唐璜答道：'老爷，你不必发这样违背不得的大誓；你完全不需要用强迫的办法去得到她的爱情。这女人是个还没有动过情的少女；她生性高傲，西班牙头等地位的人追求她都没有成功；她在国内过的是皇后般的生活，而现在却在这里做了俘虏；一个高傲的人对这种境遇的改变是不能马上适应的。可是，老爷，这位高傲的西班牙女人，和别人一样，对被俘后的生活慢慢会习惯起来；我敢说她现在已经开始感觉比以前轻松一些了：你对她这样尊重，这样出人意料地照顾，已经减轻了她的难过，使她的傲气也慢慢消掉。这有利的倾向需要好好掌握；你如果继续努力，以更加尊重她的办法来赢得这美人的心，不要多久你就会看出，她一定会顺从你的心意倒在你怀里，不

再想离开这里了。'

"总督说道：'听你这话我很高兴：你给了我希望，这将使我什么都办得到。对，我要控制我的急躁心情来更好地讨她的欢喜。只是你是不是在哄骗我，或者说你是不是在哄骗自己？我马上去和她谈一谈：我要去看一看，是不是她的眼睛里有你看到的那种使人乐观的表情。'说完这话他就去找唐娜戴奥杜娜，而唐璜则回到花园中去。在花园里他碰到了那个管园子的，这就是他想找的那个主意多的人，他希望靠他的帮助能使西范德夫人从奴隶生活中逃脱出来。

"这园丁是纳瓦利人，名叫佛兰西斯克；他对阿尔及利亚的情况很熟悉，在来总督府之前他服侍过几个主人。唐璜走近他时对他说道：'佛兰西斯克，我的朋友，你可以看出我是多么苦恼。在这宫中有位年轻妇人是华伦斯城最有地位的女子：她请求麦索莫德接收她的赎金，可是他不愿意谁赎买她，因为他爱上了她。'佛兰西斯克问道：'为什么这会使你这样难过呢？'唐璜答道：'这是因为我们是同乡的缘故；她的父母和我的父母是好朋友：

我不能眼睁睁看着不救她出去。'

"佛兰西斯克答道,'这的确不是一件容易的事,不过我敢向你担保我能有办法成功,只要她的父母愿意好好酬谢我。''这一点你放心,'唐璜说,'我可以担保他们和她都会感激你的。她的名字叫唐娜戴奥杜娜,是个富翁的寡妇;她丈夫给她留下一大笔财产,她为人非常慷慨大方。一句话,我是西班牙人,是上等人,我说的话你应当信得过。

"园丁答道:'好吧,我相信你的话,我现在就去找那个我认识的叛了教的加太隆省人,请他……''你说什么!'唐璜大吃一惊打断他道,'你竟然去信托一个没有廉耻背叛宗教的人?'这时佛兰西斯克又打断他说:'虽说是叛了教他还不失是一个正直的人;在我看来他倒是值得怜悯而不值得恨恶的,如果一个人做出罪恶的事有他一定的原因,我看他是可以原谅的。现在我两句话把他的身世简单讲一讲。

"'他是在巴塞罗纳生的,是一个外科医生。因为看见自己在巴塞罗纳生意不太好,就决计到喀他基那去另行开业，以为地方一换就会时来运转。他和他母亲正搭船到喀他基那去时，在路上碰见了阿尔及尔的海盗，被俘之后给领到这座城里来。他们母子俩人都被人卖掉，母亲卖给了一个摩尔人，他卖给了一个土耳其人。土耳其人对他百般虐待，他不得已信奉了回教，来结束悲惨的奴隶生活，也帮助母亲恢复自由，她那时在那摩尔人家里也受着残酷的待遇。他受了总督的雇用，出了几次海，前后积了四百巴特贡。他拿了一部分钱赎出母亲，另一部分他就用来自己起家出海做买卖。

"'他买了一只没有甲板的小船，请了几个自愿入伙的土耳其人，他自任船长。船在喀他基那和亚利干的之间航行一次，回来时载满了财物。以后他又把船开出去，几次出劫，他们的收获是那样大，他觉得已经有条件买一条有炮的大船了。大船买得后，他们又出劫几次，颇为得手，可是再后一次他就不再那么幸运了。这一次他袭击一条法国战船，这条船把他的船打得非常狼狈，他险些回不到阿尔及利亚港口来了。在这个国家里，人们评判海盗的好歹是看他出海是否成功，因此土耳其人对这叛教的人就看不起了。为了这件事他感到很懊丧、很痛苦。他把船卖掉后，在城外找了所房子住下，从此就单靠他剩下的钱财过活，同他一起住的有他的母亲和几个伺候他的奴隶。

"'我常去看他；我们以前在同一个主人那里做过事，所以我们是知心的朋友。他心里最深处的话他都对我说；三天前，他就含着眼泪告诉我，自从不幸叛教以来他心中老不能安宁；为了平息这不断折磨他的悔恨情绪，他有时简直想把头巾扔掉，不管自己会不会给活活烧死；他想公开宣布自己的悔悟，这样来消除在基督徒中造成的恶劣印象。

"'我想去找的那个叛教的就是这样一个人，'佛兰西斯克接着说道，'像这样的人你是不应当不放心的。我想今天借口去奴隶监禁所，到他家走一趟；我要劝劝他，告诉他不应当一味悔恨，把自己折磨死，当然终身背离基督教也不对，应当想法仍旧回到主的怀抱里去。他可以准备一只船，假说厌倦了安闲的生活，想重新出海做买卖；有了这只船我们就可以开到华伦斯海岸边去了。

在那里，唐娜戴奥杜娜可以给他帮助，他就能快快活活地在巴塞罗纳度过他的下半生。'

"唐璜听了这纳瓦利人的话高兴得了不得，嚷道：'对，亲爱的佛兰西斯克，你可以答应那叛教人的一切要求，你和他两人都一定会受到重重的酬谢。不过你相信这计划能照你想的方式完成吗？'佛兰西斯克答道：'预料不到的困难是会有的，但他和我两人会设法去克服。阿尔法，'他临走时说道，'我看我们的事情是能成功的，但望我回来时能告诉你好消息。'

"唐璜颇为不安地等着，三四个钟头之后佛兰西斯克回来对他说道：'我和那人谈过了。我提出了我的计划；经过了好久的磋商，我们最后决定这样做：他去买一只设备齐全的小帆船，按规定他是可以找奴隶做水手的，他预备把自己所有的奴隶都带上船。为了不使人疑心，他还要约请十二个土耳其人做水手，只要他们真心愿意出海。但是不等预定开船的日子到来，在前两天的夜里，他就和他的奴隶上船悄悄起锚，开船后他再驾着小艇来接我们，我们花园有个小门离海不远。这就是我们订的

计划。你可以把这情况告诉给那位夫人，叫她安心，说两个礼拜以后，或者稍晚一点，她就可以脱离虎口了。'

"唐璜有这样的好消息带给唐娜戴奥杜娜他是多么高兴！为了得到允许去和她见面，他第二天就去找麦索莫德。会到他之后，他说道：'大人，请容许我问一声，那漂亮俘虏的情形你觉得怎样，你是不是比较满意了？……'总督打断他说：'她使我很高兴；昨天我热情地望着她时，她的眼睛不再躲避我了，她过去一谈就是她自己的心事，昨天她却完全不那样唉声叹气了，她甚至在听我讲话时还显出很恳切注意我的样子。

"'她这种转变都是你的功劳，阿尔法，我看得出你很了解你们国里的女人。我愿意你再去和她谈谈。这事你有了一个很好的开始，你就好好地把它完成吧。你要全心全意办事，使我早日得到幸福；不久我就会把你的链子解掉；我要凭我们的伟大先知的名义起誓，将来一定给你种种好处并送你回国，使那些基督徒看见你时，不相信你是做过奴隶的人。'

"唐璜少不得顺着麦索莫德的话哄了他一番；他假装

这些诺言使他很感动,然后借口要及早办好这事,他得赶急去见那美丽的俘虏。他见她时只有她一人在房里:伺候她的老婆子有事到别处去了。他把那纳瓦利人和那背教的人如何计议,他如何答应酬谢他们的情形讲了一遍。

"听说他们想了这样好的办法救她,唐娜戴奥杜娜自然感到很大的安慰,她高兴得了不得地嚷道:'这可能吗?我又有希望见到华伦斯,见到我亲爱的祖国了么?经过这样多的危险和苦痛,我能平平静静和你生活在一起,这是多大的幸福!啊,唐璜,这样想的时候我多高兴哟!你能和我一道来分享这快乐吗?你想到没有,你从总督手中救出来的就是你的妻子?'

"'唉!'唐璜深深叹了一口气说,'这些感人的话语本来是应当使我高兴的,但是一想起那个不幸的朋友,我心中就感到酸痛,快乐就都给淹灭了。求你原谅我,夫人,原谅我想得这样远;不过你也该承认曼多斯是值得你怜悯的。他就是为了你才离开华伦斯,为了你才失去自由的。我敢说他现在在突尼斯可能也受着虐待,但

使他更感到沉重的不是锁链，而是因为不能替你报仇而产生的忧伤。'

"唐娜戴奥杜娜打断他说：'他的确不应该有现在这种命运；我可以凭天发誓，他为我做的事是使我深深感激的，一想到给了他那种痛苦，我心里是很难受的；可是，也是命运在无情捉弄人，我的心不肯让自己对他好，来酬答他为我做的一切。'

"他们谈到这里时，两个伺候唐娜戴奥杜娜的老婆子进来了。唐璜忙改变话题；他装作总督心腹人的口气对西范德夫人说道：'那锁你的人反被你锁住了。咱们的主子麦索莫德老爷很欢喜你；他是土耳其人中最多情最可爱的人，你要继续好好地待他，不久你的苦痛就会结束了。'说了最后这几句话他走了出去，这话的真正含义只有唐娜戴奥杜娜懂得。

"在头一个礼拜中总督府里的情形还是和原来一样。在这时间内那个叛了教的加太隆人买了一只装备几乎完全的小帆船，做着开船的准备；可是离可以开船的时间有六天时，唐璜却得到一个使人惊惧的消息。

"这天麦索莫德派人去找他,他进房后总督对他说:'阿尔法,你什么时候想回西班牙就可以什么时候走了,我答应要送你的东西也已经准备好。我今天又去看了一下我的美人儿,她过去总是满面愁容,真使人难过,而现在简直是换了一个人了!她因为被俘而感到的忧伤情绪一天一天在减少;她的模样是那样逗人爱,我决心和她结婚,两天以后她就是我的夫人了。'

"听了这话唐璜的脸色都变了,不管他怎样极力控制自己,他那惊惶的情绪还是没有瞒过总督的眼睛。总督问他这是怎么回事。

"在这种窘困的情况下唐璜答道:'大人,我的确很吃惊,古老的奥托曼帝国数一数二的人物竟然会屈驾和一个奴隶结婚。当然我知道在你们中间这样的例子以前也是有的,但是,像你这样一位显赫人物,朝中大臣的女儿还怕娶不到吗……'总督打断他说:'你这话我同意;就连宰相的女儿我也有希望娶为妻子,那样我还能指望承袭他的职位;但是我已经很有钱,雄心也就不大了。我宁愿过我现在这种快乐逍遥的生活,不愿意去做宰相,那种职位虽然荣耀，但一朝坐上去就得上怕皇帝，下怕皇帝身边佞臣的忌妒了。而且，我也爱这虏来的人，她的美貌使她配得上我预备给她的地位。

"'不过，'他接着说，'为了配得上我打算给她的光荣，她应当今天就改信回教。你觉得她会不会受一些莫名其妙的偏见的影响，不愿意这样做？''不会的，大人，'唐璜答道，'我相信为了这样尊贵的地位她什么都是可以牺牲的。只是请容许我提醒你要娶她也不宜这样仓促：还是不要赶忙的好。她从吃乳的那天起就信奉的宗教，要一朝抛弃而不留恋是不可能的：应当给她一点时间考虑。你对她不加侮辱，也不让她在其他俘虏当中凄惨地老死掉，反而要与她成婚，给她这种无上的光荣，她一定是会感激的。这种感激的心和她的虚荣心自然会慢慢把她的顾虑打消。你不妨把你的计划推迟个星期执行。'

"总督打断他说：'我同意你这些道理；虽说我急于要得到她，但我还是等候一个星期好了：你马上去会她，劝她到时候让我称心。你为我在她身上做的功夫做得很不错，现在也一并托你为我求婚。'

"唐璜跑到唐娜戴奥杜娜房间里,把总督和他之间谈话的经过和她讲了一遍,使她好照新的情况行事。同时他还告诉她那叛教人的船六天之内就可以准备停当。由于通向楼梯的各个房门都牢牢锁着,她很着急,不知如何能逃出房去。他对她说:'这你不用担心,夫人,你有一间小房的窗子正对着花园,从那里你就可以下去,我将给你准备好一个梯子。'

"六天很快就过去了,佛兰西斯克告诉唐璜,那个叛教的人已准备好当天夜间开船。你可以想象他们等待得多么着急,最后夜色降临,而且更使人高兴的是,夜色是非常之浓。等行事的时间一到,唐璜就把梯子搁在唐娜戴奥杜娜小房的窗下。她左右望了望,十分惊惶地爬了下来,接着她就由那个假阿尔法扶着,向那对着大海开着的花园门走去。

"他们两人疾步走着,已经感到了一种逃出虎口的快乐;可是命运之神对这对爱人仍然有些捉弄,现在又降下了灾难,这是他们所遭遇的最残酷的也是最料想不到的灾难。

"他们已经逃出了花园，正往那等待着他们的小艇走去时，一个人突然走到唐璜跟前；他们以为这人是自己人，完全没提防什么，不想他举起剑一下刺入唐璜的前胸，叫道：'无耻的阿尔法·朋斯，你这卑劣的匪徒只配我曼多斯这样惩治你，不配和我对面打。'

"这一剑力量很大，唐璜躲闪不得，中剑倒地；他原来搀着的唐娜戴奥杜娜，这时又吃惊，又难过，又害怕，也昏倒在一旁。'啊！曼多斯，'唐璜说道，'你这是干什么？你刺倒的是唐璜。''公正的天啦！'唐法德利克叫道，'我刺杀的竟是我的朋友，这可能吗！……'唐璜说道：'我死了不怨你，只能怪命运，或者命运也不该责怪，他只是想这样结束大家的痛苦。对，亲爱的曼多斯，我死了也高兴，因为我能把唐娜戴奥杜娜交还到你手里，她会告诉你我对你的友情是始终如一的。'

"唐法德利克感到一阵难忍的苦痛，说道：'你是这样有义气的朋友，我不能让你单独死；我要用刚才刺你的剑惩罚刺你的人：我犯罪出于无心，这虽然能得到别人原谅，却不能减轻我自己的痛苦。'说着他把剑尖对准自己的肚子刺去,几乎把整个剑都刺进肚里,身子立刻倒在唐璜的身上;唐璜这时也晕了过去,失血固然是一个缘因,更主要的是他朋友对自己的愤恨使他惊愕。

"佛兰西斯克和那叛教的人离他们这儿只有十来步远,因为某种考虑他们没有去救唐璜,但听了唐法德利克最后的几句话,看到他最后的那个动作,他们都非常惊讶。他们明白自己弄错了,这两个受伤的人是朋友,而不是他俩所想象的死敌;于是他们跑去援救他们:但是看到唐娜戴奥杜娜昏迷不醒,另外两人也同样人事不知,他们不知如何是好。佛兰西斯克的意见是单把女的救上船去,把两个男的就留在海边,看样子他们如果还没死也离死不远了。那叛教的人不同意这个看法:他认为不应当把他们丢在这里,也许他们的伤还不至于致命;他想把他们带到船上去医治,他以前行医的业务他还没有忘掉,他所有的用具也还都在船上。佛兰西斯克同意了这种做法,他们两人也没有忽略还必须赶快去帮助其他几个被俘的人上船,于是他们把不幸的唐娜戴奥杜娜和比她更不幸的那两个爱人抬到小艇上。一刹那间,他们已划到帆船旁边，他们上船时只见有的人在张帆，有的人跪在甲板上虔诚地祷告上天保佑，他们害怕会被麦索莫德的船追赶。

"这叛教的人把开船的事交给了一位熟悉这项业务的法国俘虏，自己就来治疗三个神志昏迷的人：他先使唐娜戴奥杜娜苏醒过来，后来又施展他的医术使唐法德利克和唐璜也恢复了神志。西范德夫人从唐璜受袭击时起就一直昏迷着，现在看见曼多斯在这里就非常诧异；虽然从景况她可以清楚看出，他因刺伤了朋友痛苦得把自己也刺伤了，但她仍然禁不住要把他看作是刺杀她心中人的凶手。

"这三个人重新会面时是这样一个景象，这真是世间最引人伤心的事。他们在逃出虎口之前的生活，虽然也和死差不多，到底不像现在这样值得人可怜。唐娜戴奥杜娜望着唐璜，眼中显露出说不尽的伤心和哀痛；这两位朋友则都以无力的眼睛望着她，深深地叹着气。

"这凄惨动人的沉默继续了一些时候，最后被唐法德利克打破，他对西范德夫人说道：'夫人，在死之前看到你从奴役中逃了出来,我很高兴。要是你现在的自由是我帮助你得到的就好了,可是你是由你心爱的那个人帮助得到的。不过尽管他是情敌,我太爱他了,我对他没有任何怨言。我不幸刺了他一剑,我希望这不要妨碍他因为得到你的感激而高兴。'这夫人对这番话一句也不回答。看见唐璜在这种状态之中,她这一刻对唐法德利克只有恨恶的心,对他悲惨的命运完全不能感到同情。

"这时候那外科医生已准备好检查他们的伤势。他先看唐璜,觉得并不危险,因为剑是由左乳下方插进去的,并没有伤及重要的内脏。他这样一说大大减轻了唐娜戴奥杜娜的忧心,也使唐法德利克感到非常快活,他说道:'看我朋友没有了危险,我真高兴,我现在死也放心了:我死时你不再会恨我。'

"他说这话时神情是这样哀凄动人,唐娜戴奥杜娜不能不深深感动。当她不再为唐璜担心之后,她对唐法德利克也不再恼恨,只觉得他是一个值得怜悯的人;她心中涌上一股哀怜的情绪,叫道:'啊,曼多斯,请医生给你检查一下伤势吧,也许它并不比你朋友的伤重。让他设法把你的性命保住:你要活下去。我虽说不能使你快乐,我至少可以不使另外那个人幸福:我原来答应嫁给唐璜,我现在要收回诺言;他为你能作牺牲,我也应当为你作同样的牺牲。我愿意和你们两人在一起生活,只在心灵上与你们发生关系(我将活在你们心里,这样我和你们两人就都接近了);这样,我不爱的人,比起另外那人,也就并不可怜一些了。'

"唐法德利克正要回答,医生摆手叫他别说话,认为说话会对伤势有碍;他检查了一下,发觉他有生命危险,因为剑刺入了他肺叶的上部,血流得很多,后果很值得忧虑。他把伤口包扎好之后,就让他们两人躺在船尾的一个房间里紧挨着的两张小床上;唐娜戴奥杜娜则被人带到别处,因为有她在跟前对病人是有妨碍的。

"尽管大家这样小心,曼多斯还是发起烧来,在傍晚的时候血流得更多了。医生说这伤势已无法医治,要他有什么话要告诉他朋友或是唐娜戴奥杜娜就趁早说,因为剩的时间已经不多了。这话使唐璜有说不出的难过;而唐法德利克却并不觉得什么。他要人把西范德夫人唤来；她走近他时那情景是不易描写却不难想象的。

"她满脸是泪，哭得那样伤心，曼多斯都感到非常不安，他说道："夫人，我不值得你给我流这样多珍贵的眼泪；求你别哭了，听我跟你说一会话。亲爱的唐璜，我也同样求你听我谈一谈。'看到他朋友那种伤心至极的样子，他接着说道，'我很清楚我们这样分手对你是难以忍受的，我知道你对我友情深，不能不难受，但是希望你们两人都等一等，等我死的时候再表露你们对我的友情和怜悯。

"'现在，你们这样，我感到比死还难受。你们还是暂时止住悲痛，让我告诉你们命运是怎样使我今夜到这倒霉的海边来，使我朋友的血和我自己的血都洒在海滩上的。你们一定急于想知道我怎么会把唐璜当成阿尔法的，这一点，如果我剩下的短短的时间允许的话我要讲给你们听。

"'在我乘的那只船和唐璜乘的那只船分开几个钟头之后，我们就碰上了一艘法国的海盗船；这批海盗袭击并控制了这只突尼斯的船，把我释放，让我在阿里康特登陆。我一获得自由就马上想到要把唐璜赎回来。因为这件事我回到华伦斯取了一笔现款,听说巴塞罗纳有一批"神召会"的神甫准备乘船到阿尔及尔,我就跟着去了;在离开华伦斯之前我请求我的叔叔唐佛兰素阿·曼多斯总督利用他在西班牙朝中的声望,替我朋友请求赦免,我想这样我就可以和他一道回来,并且恢复他在纳哈拉公爵死掉后被没收的家财。

"'我一到达阿尔及尔就到俘房们常到的地方去;我到处奔跑都是白费,我没有找到我要找的人。我有一次碰到了一个叛教的加太隆人,他就是现在这只船的主人;我认出他以前在我叔叔手下做过事,就把我到那里的目的告诉了他,求他切实把我这朋友访寻一下。他答道:我很抱歉不能给你什么帮助;我今夜就要带着一位华伦斯来的太太离开阿尔及尔,她是总督府中的一个奴隶。我问他道:这位太太叫什么名字?他答道:她是一位年轻寡妇,名叫唐娜戴奥杜娜。

"'我听了这消息大为吃惊,我这惊愕的神情已经让他看出我对这夫人很关心,于是我把事情的经过对他讲了一遍,我讲完之后,他也把他预备怎样救她出虎口的办法给我说了；他讲得很详细，当他提到俘虏阿尔法时，我立刻想到这一定是阿尔法·朋斯。我激动地对那叛教的人说："帮助我报仇雪恨吧，告诉我怎样惩罚我的仇人。"他答道："好吧，不久你就可以称心了；你只要今晚跟我去，有人会把你的情敌指给你看；把他惩治之后你就可以代替他，带着唐娜戴奥杜娜和我们一道回华伦斯。"这主意正称我的心，我毫不犹豫就同意了。我回到住所，急切等着让唐阿尔法死在我的剑下。这时我仍然没忘掉唐璜：我留了些钱在一个住在阿尔及尔名叫佛兰西斯科·卡巴蒂的意大利商人手中，他答应一等找到唐璜就把他赎买出来。最后夜晚到了；我来到那叛教人家中，他带着我沿着海岸走，我们在一扇小门前停了下来，从门里出来一个人对直向我们走来，他指着在他后面走的一男一女说：我后面跟来的就是阿尔法和唐娜戴奥杜娜。

"'看了这情况我勃然大怒；我拿起剑跑到可恶的阿尔法跟前，想这一下就可以杀死我可恶的仇人，不想却刺伤了我忠诚的朋友；他生死如何使我非常焦急，可是现在，蒙天保佑'，他热情地接着说，'他的命不会因我

的过错而送掉,唐娜戴奥杜娜也不会抱憾终生了。'

"'啊,曼多斯,'这位太太打断他说,'我的悲哀你误解了;你死后我会终身痛苦;即使我和你的朋友结婚,那也只会是为了让我们在一起难过;你的爱情,你的友谊,你的不幸会是我们每次谈话的题目。'唐法德利克答:'这也太过分了,夫人,我不配你们这样长时地为我悲伤;我恳求你,等唐璜替你向阿尔法·朋斯报了仇后,你就和他结婚。'西范德夫人说道:'唐阿尔法已经不在人间了,他已经给抢我走的海盗们杀死了。'

"曼多斯说:'夫人,这消息使我很高兴;我的朋友不久就会得到幸福了:你们两人都应当毫无顾虑地照你们的心意去做。过去你对我的同情和他对我的义气,妨碍你们共同的幸福,现在这障碍就要去掉了,看到这情况我很高兴。愿你们一生都在平静中度过,愿命运之神不生妒忌,不来扰乱你们婚后的生活!永别了,夫人,永别了,唐璜;希望你们有时候能想起有一个人曾经把你们爱得胜过一切。'

"这太太和唐璜听了都没有答话,只觉一阵阵泪如泉涌；这时唐法德利克感到不支，接着这样说道：'我太使自己激动：现在死神已经走近了。我的生命本应当由天主宰，而我却自己把性命送掉；但我也不想乞求上天宽恕我的罪过。'说完这话，他两眼望天，脸上露出真正忏悔的表情，一会儿血流过多，他喘不过气来，一下便与世长辞了。

"这时唐璜在一阵哀恸之下，伸手摸到自己的伤处，一把把绷带扯开，想让自己也不能痊愈；幸而佛兰西斯克和那医生抢步过来，阻止了他这种冲动的行为；唐娜戴奥杜娜惊恐不已，也赶过来帮着他们劝阻唐璜不要凭一时的想法这样做；她和他说话时神情是那样感人，他慢慢平静了一些，让人给他把伤口重新扎好；最后，爱人的关怀终于使他为朋友产生的沉痛情绪一点点平定下来。不过，尽管他头脑清醒过来了，他并没有设法去克服自己的悲伤情绪，而只是在揣想未来痛苦的情况。

"那叛教的人带了好几样东西回西班牙，其中有一样就是阿拉伯的奇异香料；在这位太太和唐璜的请求下，他把曼多斯的尸体用香料熏了，他们希望把他运回华伦斯以大礼安葬。在海上的这几天,他们两人一直愁容相对;不过船上其他人却不是这样。因为一路顺风,他们不久就看到了西班牙的海岸。

"这时所有的俘虏都欣喜若狂,等船平安到达了登尼亚港,大家就各人打各人的主意。西范德夫人和唐璜派了一个人到华伦斯去,分别给总督和唐娜戴奥杜娜家里去了一封信。她家里的人听说她回来了都高兴得不了得,而唐佛兰素阿·曼多斯听说侄子死了则有说不尽的哀伤。

"他和西范德夫人家里的人一道来到登尼亚,要看可怜的唐法德利克的尸体:他一看到他时热泪涌了出来,流在他的身上,他哭得那样伤心,旁边的人都为他难过。最后他问他侄子是怎么把命丢掉的。

"唐璜答道:'让我来讲给你听吧。他这些事是我永远也忘不掉的,不但如此,我还将常常回忆它,永远为它哀痛。'他接着就讲出这不幸事情的经过,在讲着的时候,他的眼泪又流了出来,这使唐佛兰素阿哭得更加伤心。在唐娜戴奥杜娜这边,她家里人看到了她都非常高兴,都为她庆幸能这样侥幸从麦索莫德的魔掌中逃了出来。

"在把一切事情弄清楚之后,他们把唐法德利克的遗体装上一辆四轮马车,运回华伦斯;但人们并没有把他安葬在这里,因为他叔父的总督任期已经快满了,他准备回马德里,因此也决定把他侄子的灵柩运到那里去。

"当他们在做着搬运灵柩的准备时,西范德夫人酬谢了佛兰西斯克和那叛教人好些财物。这位纳瓦利人回到家乡去;至于那叛教的人呢,他先回登尼亚,因为他的母亲还在那里;他把船卖掉后,就动身回巴塞罗纳,在那儿他又重新皈依基督教,到今天他还在那儿过着安适的生活。

"在这时,唐佛兰素阿接到了朝中的一封公文,里面有皇上赦免唐璜的手谕,虽说皇上对纳哈拉家很看重,但对曼多斯家提出的请求他也不便拒绝。这个消息使唐璜加倍高兴的是:他现在能陪送他朋友的灵柩进京了,没有赦书他是不敢这样做的。

"最后灵柩在一大群有地位的人的护送下启运进京。到达马德里之后,唐法德利克被安葬在一所教堂里,在那里,唐璜和唐娜戴奥杜娜获准给他立了一座富丽的墓碑；不仅这样，他们还为他们的朋友守了整整一年的丧，来表示他们的哀悼和友情。

"在为曼多斯表示了这样的盛情之后，他们最后结了婚；可是友情的难以理解的魔力使唐璜很长一段时间都郁郁寡欢，什么都不能使他高兴。整天他的好友唐法德利克的形象都显现在他脑中，夜夜他都梦见他，他断气时叹息的情景他梦到了很多次。不过后来这些凄伤的影像慢慢地也出现得比较少些了，唐娜戴奥杜娜的种种温柔可爱之处，慢慢地使他把悲惨的过去遗忘了。最后唐璜开始过着幸福而愉快的生活；可是不久之前，他在打猎的时候从马上摔了下来，头部受了伤；后来发生了溃疡，医生都无计可施；他最后在唐娜戴奥杜娜的怀中死掉。你看，那几个女人抢着救护的就是这位太太。她在发着高烧，神志也已昏迷。她就要跟她丈夫一道逝去了；不久，他们两个都要被葬在曼多斯的墓中去，他俩将和他一道等待世界的末日，在这世界里他们三个人受到了这样多的痛苦。"

第十六章
几位不乏后例的怪人

阿斯莫德把故事讲完后,唐克列法斯说道:"这真是一幅崇高友情的图画;只是像唐璜和唐法德利克这样真诚相爱的人恐怕是少有的,至于两人是情敌,却能这样义气相待,甘愿牺牲自己,成全对方,放弃心爱的人,这样的人我相信是更不容易找到的了。"

"是这样的,"**魔鬼**说道,"这种事从前不曾有过,将来恐怕永远也不会再发生。女人之间能互相爱护的就更少了。我可以假设有两个女人相处得很好,她们之间的关系是密切而且真诚;我只希望她们彼此背着的时候不说一句对方的坏话,这我就可以承认她们是一对好朋友了。可是当你和她们两人都见面的时候,只要你对一个表现得稍微好一些，另一个马上就会生气；这并不是因为这生气的人对你有感情，而是因为她不愿你对她朋友比对她更好一些。女人就是这种性格，她们彼此之间妒忌的心太强，不容易产生真正的友情。"

"不过唐娜戴奥杜娜这样的性格我还是觉得可爱的，"学生说，"一个女人会因为失去丈夫自己就伤心得要死，这在我们这个时代也真是奇迹！"魔鬼打断他说："这样的人的确是可佩的。两个月以前有位律师被人掩埋了，他的妻子可完全两样。在她丈夫临危时，她家里人为了不让她看这悲惨的景象，逼迫她离开几天；她流着泪离开了家。但在离开前，这位伤心的律师太太把贴身女仆叫到跟前说：'贝阿特丽，一等我亲爱的丈夫过世，你就把这可悲的消息告诉唐克洛斯，对他说我为这件事很不舒服，这两天不想和他见面。'"

"这一对朋友的故事我们讲得太久了一点，"唐克列法斯说，"现在天已经大亮。街上我已经看见有人行走。我们站在教堂顶上，我害怕人们会发现我们。万一人们看到你这副尊容，我们少不得听他嘘叫半天。"

"他们不会看见我们的,"魔鬼答道,"我和诗人们笔下的神有同样的魔力,丘彼特在爱达山上,为了不让世人看到他抚爱菊侬,在身旁布下了一层云,我也要在我们周围撒下一团雾气,让人们不能看见我们,而我们却可以透过它观察人间发生的事情。"的确,他说了不久,他们身边就绕上了一团烟雾,这雾气虽浓,却不妨碍那学生看见下面的一切景象。

他对魔鬼说道:"请你讲给我听,有一栋房子里有两个女人,她们已经起床了,什么事迫使她们起来得这样早?""她们并没有起床,"魔鬼答道,"因为她们根本没有睡觉。这一整夜她们都在玩乐。她们家中有一群人聚会,在那儿唱歌。那简直是一个了不得的音乐会!歌曲是阿尔加拉的一位学生作的,歌词是一位贵族作的,他作这歌词为的是给自己消遣给别人折磨。一管风笛和一只小键琴组成了乐队。更使你感到奇怪的是:一位尖嗓音的瘦高个子唱高音,一位粗喉咙的姑娘在唱低音。""啊,真好玩!"唐克列法斯放声大笑地叫道,"要是我也在场,我一定会禁不住要嘲笑这个可笑的音乐会。那些听的人是不是觉得这音乐会不错?"阿斯莫德答道:"当然不会。他们里面有些爱调笑的人还不时做着鬼脸哩。"

"在一所大房子里,"学生问,"有一个人在一间很漂亮的房里来回走着,不时停下来写几个字。如果他的住所不是这样好,我真相信他是一位诗人。"魔鬼答道:"这不是一位诗人,是一位得了圣雅克勋章为自己的品德和智勇扬扬得意的骑士。有一位作家想献给他一本书,昨天把献书词送给他过目。这位骑士感到这作家给他的赞语太平凡了。他希望赞美的话说得新颖美妙一些,于是就自动起笔来写了一段颂词,那位作家自然少不了会把骑士写的颂词放在他作品的前头的。

"就在这房子的马房里,有一个手臂残废的军人睡在稻草堆上。由于马夫可怜他,晚上让他在这里睡;白天他就出去要饭。昨天他和另外一个乞丐有过一次有趣的谈话。这人住在一个幽静的过道里,收入不坏,生活得很惬意,他还有一个女儿准备嫁人。这大兵走上前去对他说道:'叫花哥,我的右臂残废,不能再给皇上当差,落得和你一样,得向过路的人说好话,要饭过日子。我

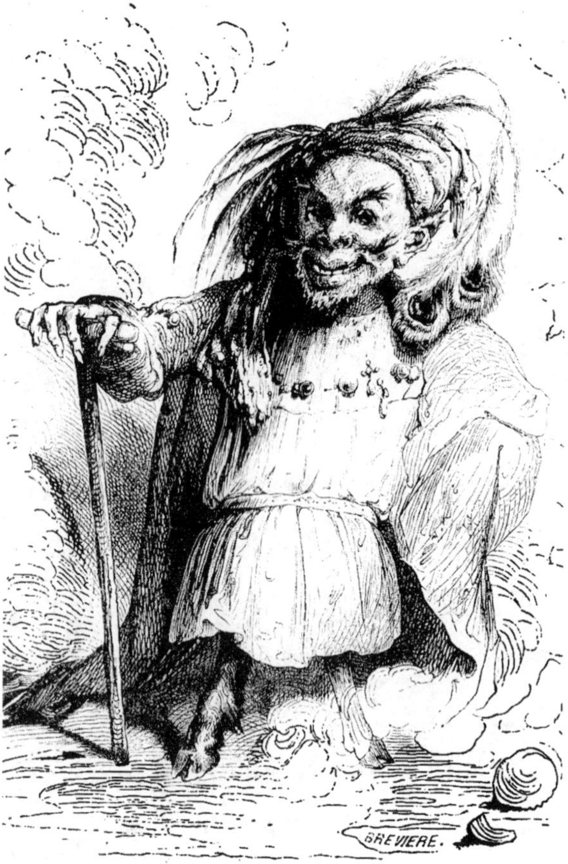
BREVIERE.

知道在各种行业中只有这一行最为实惠,唯一美中不足的是不够受人尊重。'另外那个叫花子说道:'要是受人尊重,这行业也就不值得干了,因为那样一来谁都来干这一行了。'残废的那个叫花子说:'你这话也有道理。啊,我们是同行,我很想和你结交,你把你的女儿给我吧。'那位叫花老爷答道:'你还残废得不够,我要的女婿是一个使放高利贷的都感觉可怜的人。'那大兵说,'唉!难道我这情况还不够可怜吗?'另外那叫花子粗声地答道:'算了吧,你别妄想了。你不过缺了一只臂膀,就想讨我的女儿?你知不知道一个疯子要讨她我都没有给呢。'

"看,"阿斯莫德接着说,"那所房子里出来了两个人,前面有一个穿睡衣的人带着他们走。这位带路的是一位老神学教授。从他家出来的两个人中,有一个是个头发花白的文人,他虽然没有写过什么作品,却在烟花场中冒充是一位大才子。另外那个是一位作家,但却是那种通常在吃午饭的时候到人家家里去的作家。

"最近社会上出了一本非常成功的新书,这位老教授有心让这书失败,这两人就自告奋勇去为他活动,破坏这部书的信誉。他们这次大清早就来敲老头子的门,无非是为了向他报告他们昨天活动的情形。这老文人是个既刁滑又高傲的人,他尖着嗓音对那位自命不凡的人说道:'博士老爷,我这回真创造了一番奇迹。我在好些人家走了一趟,在这些地方都是我说了算数,文艺作品的优劣都由我来判断,我把你对手的书大大地攻击了一番。我还让我的一个朋友帮你的忙。他在五六个贵妇人中是红人,他答应尽量向人攻击这书,即使他自己觉得这书很好。''至于我,'那位食客文人说,'我到出版社去大声疾呼,说这书一钱不值。我还派了几个侠士去说同样的话。昨天晚上为了抨击这部作品,我特意到一个侯爵那儿去吃饭。在那里我碰到一个人,他显然是那书作者的朋友,因为他尽为他说话,甚至还要和我争论;可是辩论是我的特长,我在和他争论好久之后向他说,这本书我发现是那样坏,我连翻都没有翻它一下。'"

"从我们看到的情况看,"唐克列法斯说,"一本新书的敌人是不少的。""是的,是这样的,"魔鬼说道,"有些人天生一副坏脾气,只要一部作品有一点儿成功,就足够成为他们漫骂的资料。其实只要一本书得到一般读者的爱好，几个性情乖僻或是爱忌妒别人的小作家攻击两下，又有什么关系呢？这不过是像几个提琴手、风琴手或是爱妒忌的女人攻击现在朝中和城里大大受人喝彩的味奥德夫人的大键琴曲和钢琴曲一样，那是起不了什么作用的。"

第十七章，也是最后一章

梦

"阿斯莫德先生，"唐克列法斯问道，"我能不能讲你再给我解释一样东西？我看见好些人正熟睡着，我很想知道现在这一刻他们都在做些什么样的梦。"魔鬼答道："好吧，我来告诉你吧。

"先看右手那座漂亮房子。这房子的主人就是那间富丽的房间里睡着的那个人；他是一位放怀行乐的伯爵。他梦见自己在戏院里听一个年轻的女戏子唱戏，给这美人的声音迷住了。

"在与这并排的那个房间里安息的是他的妻子，这位伯爵夫人是个小说迷，满脑子骑士的故事。她现在做着一个颇为快活的梦:她梦见她是泰彼森帝国①的皇后,被控与人通奸,那位出来为她的清白辩护的骑士,被控告她的人驳倒了。

"在同一边靠我们更近的那所房子里住着一位侯爵,他爱着一个风流女人;他梦见他在筹借一笔数目可观的钱准备给她送礼。在他上面的一间小房里睡着他的管家,他梦见他主人愈来愈穷,他却愈来愈富了。你看得出来,人做梦也不一定都是很古怪的。"这时那学生打断他说:"我想知道那个用纸包着胡髭的睡得正甜的人是谁。"阿斯莫德答道:"这是一位外省来的绅士,他是阿拉贡的一位子爵,为人浮夸自大:他此刻心中充满快乐,因为他梦见和一位大人物在一起,这位大人物还让他走在前面。"

"我似乎看见在同一房子里有一个人睡着了还在发笑,不知看错没有?"唐克列法斯问道。"你没有看错,"魔鬼答道,"这是一个单身汉,他做的梦也不坏:他梦见他的一个朋友是个老头子,却和一位又年轻又漂亮的人

---

① 泰彼森帝国是十三至十五世纪中亚细亚的一个小帝国,这国家的宫廷以出风流艳事出名。

物结了婚。不过在离这儿不远的地方却有三个人在做着不愉快的梦。

"有一个是篡夺别人财产的人,他梦见他刚开始篡夺一个侯爵的家财时,有人给这侯爵派来了一位财产管理人。另外两个是两弟兄,都是医生。有一个梦见上面下了一道命令,凡医生没有把病人的病治好的一概不准收钱;而他弟弟则梦见接到一条命令,说一个病人如果在某医生手中送的命,这医生得为死者送葬。"学生打断他说:"我希望后面这个梦是真的,医生像一位刑事法官一样,刑事法官判了人的罪,在行刑时他是应当在场的,所以病人死后送葬时医生也应当在场。"魔鬼答道:"你这比喻很妙,所不同者是一个正去执行他的判决,而另一个却已经将判决执行完毕。"

"啊,啊!"唐克列法斯又打断他道,"那个翻身起床揉着眼睛的人是谁?"魔鬼答道:"这是朝中的一位臣子,他给一个可怕的梦惊醒了,他梦见首相冷冷地望了他一眼。

"我另外还看到一位侍臣,也刚从梦中骇醒。他刚才梦见自己站在一座悬崖上,朝中两位同僚站在他身后,冷不防把他一推,让他从上面摔了下来。

"再看这条街转角处的那所房子,这里面住着一位财产代理人。他和他妻子就睡在那间房里,房中挂着一幅陈旧的织着人物的帷幔。这位代理人梦见他去医院中看望他的一位顾主,用这人自己的钱去接济他。他的妻子则梦见她的丈夫因为吃醋把一位年轻的书记撵走了。"

"我在这里都听得见打鼾的声音,"学生说道,"我看这准是左手那个小房子里的大胖子发出来的。"阿斯莫德答道:"对了,这是一位大神父,他梦见他在吃饭前祷告。

"他隔壁住着一个卖丝织物的商人,他东西卖得很贵,但是可以赊账,他的货都卖给有地位的人。现在人家已经欠他一万多杜加的账了。他梦见所有欠他账的人都拿钱来了,而这时那些欠账的人则梦见他的店就要倒闭了。

"在这家商人房子隔壁住着一个有名的出版商。不久之前他出版了一本非常行销的书,在出版时他答应作者,如果他再版这本书,他将付他五十比斯多;他现在梦见他没有通知作者就在印第二版了。"

"哦！说起这梦，"唐克列法斯说道，"我相信这人会这样行事的。我认识几位书店老板，他们在欺骗作者时是毫不犹豫的。"魔鬼答道："这是事实；不过你也应当认识作家老爷，他们也不比书店老板规矩多少。

"在另外一所房子里我看见一个男人刚刚醒来，"他接着说，"他爱着一位热情的寡妇，但他却胆子很小，对她老是毕恭毕敬的。他梦见他和她一道在一座树林的深处，他对她说了好些无限柔情的话，她回答他道：'啊！你真使人着迷。如果我不是对男人存着戒心，我就要相信你的话了；可是男人们都是些说谎的，我不相信他们的话，我要看他们的行动。'这位求爱的人说道：'夫人，你要我有什么样的行动？是不是为了证明我情感的猛烈我应当像赫克勒斯[①]那样完成十二伟绩？''不，唐尼格斯，不，'这太太答道，'我也不向你要求这么多。'梦到这里他就醒了。"

"请你告诉我，"学生说道，"为什么那在棕色床上睡

[①] 赫克勒斯是希腊神话中的人物，曾完成斗狮、擒野猪等十二伟绩。

的人在自言自语，就像鬼迷住似的？"魔鬼答道："这是一位有才情的学生，他做着一个使他极为激动的梦，他梦见他在和一个老医生辩论灵魂是不是永存的问题，他相信是永存的。

"在这学士家附近住着一位演员，他梦见一位作家在恭维他，他却以无情的言辞回答这位作家。

"在一个连家具一起出租的公寓里有两个人也在做梦，这两人的梦我不能不提一下。有一个是意大利人，是克罗采学院出来的。他梦见自己在向几位同行念一首他自己作的很低劣的诗，听的人都给他喝彩；不过他们这样做有个条件，就是他也得同样给他们的诗喝彩。另外一个是个从艾斯泰麦杜省来的小士绅，名叫唐巴尔达查·范法洪尼柯，因为用马枪杀死了一个葡萄牙人，特地飞速进京来请赏。他梦见被赐予总督的官职，但仍然感到不满足。

"就在这公寓对面，住着一位书记。你可以看到他们夫妻俩睡在两张一式一样的小床上，但两人却各做着不同的梦：丈夫梦见自己在裱一幅古老的墨迹，太太梦见自己在拿现钱买一件华贵的衣服，出的价钱很高，按这价钱就是一位伯爵夫人赊账也是不肯买的。"

阿斯莫德还要往下说，忽然一阵寒战使他说不下去了。学生问他为什么发抖。魔鬼答道："啊！唐克列法斯先生，我完了。那先前把我关在玻璃瓶里的魔术师发现我逃走，现在正在召唤我，说要惩治我。他的召唤是那样有力，整个地狱都回响着这声音。我不得不听从他的召唤。我先把你送到你房间里去，然后我就要飞回我们逃出的那个可恶的阁楼上去。"说完这话他抱住这学生，把他带着，飞到他房里，然后就在他眼前消失了。